KB039715

당신이 있어
참 좋다

당신이 있어   참 좋다

사람에게 상처받고,

사람에게 위로받는

당신을 위한 책

최윤석 지음

포레스트북스

차
례

Part 2.

Part 3.

멈추고 뒤돌아보는 것

인디언들은 말을 타고 달리다 이따금 말에서 내려 자신이 달려온 쪽을 한참 동안 바라보았 다. 말을 쉬게 하려는 것도, 자신이 쉬려는 것도 아니다. 행여 자신의 영혼이 따라오지 못할까 봐, 걸음이 느린 영혼을 기다려주는 배려였다. 그리고 영혼이 곁에 왔다 싶으면 그제야 다시 달리기를 시작했다.

《죽은 왕녀를 위한 파반느》

개인적으로 '돌계단'이라는 말을 좋아한다. 어

감에서 오는 단단한 느낌도 있고 산에 있는 돌계단을 열심히 오르다 보면 정상에서 누구보다 멋진 풍경을 내려다볼 수도 있으니까. 하지만 살다 보니 인생은 돌계단 같지 않더라. 내가 지금 가고 있는 길은 단단하지도 않고 오르막길인지 내리막길인지도 가늠이 안되고 기껏 올라왔는데 아무것도 없는 경우가 허다했다. 그러다 보니 속상할 때도 아플 때도 많았다.

그럴 때마다 나는 경동 시장에 갔다. 거기에서 누구보다 치열하게 사는 시장 상인들을 만났다. 종일 하얀 입김을 내면서 열심히 과일바구니를 정리하는 아주머니, 허리 한 번 못 피고 무거운 배추를 트럭으로 옮기는 아저씨, 웃고 떠들고 때론 찡그리며 정겹게 흥정하는 그들의 모습을 보면서 '나는 그동안 열심히 산 척만 했구나!' 반성하며 삶에 대한 의지를 다잡게 된다.

드라마 PD로 13년을 살았다. 조연출 때를 포함하면 40편이 넘는 작품을 했다. 운이 좋아 성공한 적도, 인생의 멘토 연기자를 만나서 꿈을 꾸듯 드라마를 찍은 적도 있다. 믿었던 사람에게 배신당하기도 하고 나의 오판으로 누군가를 아프게 한 적도 있다. 그럴 때마다 거울을 보는 느낌으로 글을 썼다. 이야기에 대한 갈증도 있었지만, 주위를 돌아봐야 '나'라는 인물이 지금 어디에 서 있는지 정확하게 파악할 수 있을 것 같았다.

이 책에는 드라마 PD가 될 수 있게 해주었던 사람, 힘들 때마다 위로해준 사람, 나를 밑바닥까지 끌어내렸던 사람들이 곳곳에 등장한다. 그들을 떠올리면서 앞으로 어떤 드라마를 만들어야 하는지, 또 앞으로 어떻게 살아야 하는지 살펴보곤 한다.

돌아보면 돌아올 수 있으니까.

예전에 내가 경동 시장 상인들을 통해 수많은 영감과 에너지를 얻었던 것처럼, 이 글을 읽는 독자들도 이 에세이를 통해서 주위에 있는, 기억 속에 숨어있는 사람들을 다시 떠올려 보길 바란다. 동시에 앞을 보며 사는 것도 중요하지만, '멈추고 뒤돌

아보는 것' 또한 용기이며 그것이 실패가 아닌 새로
운 시작이라는 걸 말해보고자 한다.

최윤석

Part 1

당신이 있어
참 좋다

그때 그 아이

　며칠 전 악몽을 꾸었다. 꿈에서 나는 모두에게서 미움을 받고 있었다. 친구도 가족도 전부 내게 등을 돌렸다. 도대체 왜 그러냐고 계속 외쳐도 그들은 답을 하지 않았다. 싸늘한 시선으로 바라보다가 저만치 사라져 버렸다. 그렇게 혼자 남게 되자 뼛속까지 외로움이 밀려 들어왔다. 잠에서 깼을 때도 그 기분을 잊지 못해 한동안 숨을 고르며 멍하니 앉아 있었다.

　초등학교 다닐 때 소위 '왕따'였던 한 여자아이

가 있었다. 그 애는 또래보다 덩치가 조금 컸고 옷이 세련되지 않았고 말이 다소 어눌했다. 그래서였을까? 또래들은 하나같이 그 애를 놀려댔다. 어떤 여자애들은 그 애 옷에 일부러 껌을 묻히기도 했고 몇몇 짓궂은 남자애들은 사소한 걸 꼬투리 잡아 그 애를 툭툭 때리곤 했다. 하지만 그 애는 좀처럼 울지 않았다. 소처럼 큰 눈을 끔뻑이며 '하지 마!'라고 작은 목소리로 애원했을 뿐이었다.

한 달에 한 번씩 자리를 바꿨는데 그럴 때마다 반 친구들은 그 애랑 같이 앉기 싫어서, 미리 서로 짝을 지었다. 마지막 남게 되는 친구는 선생님에게 울면서 "나 쟤랑 앉기 싫어요."라고 떼를 썼다. 선생님은 강제로 앉으라 했고 친구는 엉덩이를 반만 걸친 채 최대한 거리를 두고 자리에 앉았다. 그때 그 애를 보면 얼굴이 붉게 상기되어 있었다. 자기는 잘못한 게 하나 없는데도…. 마치 자신이 교실에 존재한다는 사실이 잘못인 듯 고개를 숙였다.

나는 대놓고 그 애를 싫어하지는 않았다. 다른 친구들처럼 그 애를 놀리거나 괴롭히지도 않았다.

그렇다고 상냥했던 건 아니었다. 오며 가며 인사는 했지만, 학기 내내 두세 마디 섞은 게 전부였다. 친구들이 괴롭히는 걸 보면서도 애써 모른 척 지나갔고, 그 애에 대해 누가 짓궂은 농담을 하면 따라 웃기도 했다. 가끔 '도와주고 싶다.' 마음먹다가도 막상 그 순간이 되면 나도 모르게 거북이처럼 고개를 움츠리고 말았다.

실은 두려웠다. 나는 전교에서 키가 제일 작았고 허약했기에 혹시라도 내게 '왕따'가 전이될까 봐 겁이 났다. 선생님께 말씀드릴까 했지만, 그 역시 외면했다. 지금 생각하면 절대 모를 수가 없는데도 우리에게 그러지 말라 한 번도 훈육한 적 없으셨다.

하루는 그 애가 꽃무늬가 그려진 예쁜 옷을 입고 학교에 왔다. 반 친구들은 모두 그 애의 변신에 깜짝 놀랐다. 예쁜 옷을 입었으니 이제 더는 놀림을 받지 않을 거란 희망 때문이었을까? 그 애는 세상 누구보다 환하게 미소 지었다. '저런 표정도 지을 수 있구나!' 신기했다. 매일 지친 표정, 힘들어하는 표정만 지었으니까. 하지만 그 애의 예상은 빗나갔다. 쉬는 시간이 되자 여자애들 몇 명이 그 애에게 다가가더니 "네 주제에 왜 이런 옷을 입고 오냐!", "호박에 줄 긋는다고 수박 되냐!"며 엄청나게 비아냥거렸다. 한두 명으로 시작된 괴롭힘은 곧 반 전체로 확대되었다. 끊임없는 욕설과 인신공격은 도미노처럼 이어졌고 결국 그 애를 무너뜨렸다.

으앙~ 으앙~

세련되지 못한, 다소 투박한 울음이었다. 웃음을 준비한 날에 그 애는 눈물을 보이고 말았다. 그걸 기대하지 않았을 텐데. 그저 남들처럼 평범한 하루를 보내고 싶었을 텐데. 가슴이 아팠다. 하지만 어쩔 수 없었다. 나는 애써 눈을 감았다. 눈꺼풀에서 밝지 않은 빛들이 실타래처럼 춤을 추었다.

학년이 바뀌고 그 애는 또 나와 같은 반이 되었다. 반 친구들은 하나같이 그 애와 같은 반이 되었다고 대놓고 짜증을 냈다. 2년 연속으로 같은 반이 되어 어쩌냐고 나를 위로하는 친구도 있었다. 정확히 뭐라 말했는지 기억은 안 나지만 나는 '그러게.'라고 얼버무렸던 것 같다. 그동안 나는 키가 많이 컸다. 더는 전교에서 제일 작은 아이가 아니었다. 하지만 의식은 여전히 그 자리에 머물러 있었다. 잔잔한 호수만 보면 아무 이유 없이 돌을 던지고 싶어 하듯이 아이들은 여전히 그 애를 괴롭혔고 나는 말 없이 동조하며 깜깜한 학교란 세상에 순응하며 살았다.

가끔 수업을 듣다 고개를 돌리면 그 애와 자주 시선을 마주치곤 했다. 설마, 아니겠지. 싶었지만 느낌으로 알 수 있었다. 그 아이의 마음에 내가 있다는걸. 이성으로 좋아하는 건지 확신할 수 없었지만 그래도 내게 호기심 있는 건 분명했다. 눈치를 챈 친구들이 내게 다가왔다.

"너 앞으로 어떻게 할 거냐?"

화가 났다. 왜 하필 날 좋아하지? 그동안 자기를 안 괴롭혀서 그런가. 앞으로 다른 친구들처럼 똑같이 해야 하는 건가? 이제 겨우 왕따 위험군에서 벗어났는데 괜히 이상하게 엮이게 될까 봐 나는 전전긍긍했다. 그래서 퉁명스럽게 대했다. 인사도 안 했고 아는 척도 안 했다. 다른 여자애를 좋아한다고 일부러 그 애 앞에서 크게 떠들어댔다. 당황한 그 애 모습이 마음에 걸렸지만 이게 최선이라 생각했다.

그러던 어느 날, 수학여행을 가게 되었고 우리는 경주행 전세버스에 올라탔다. 친한 친구끼리 자리에 앉았고 자연스레 그 애는 홀로 남게 되었다. 자리가 부족해서 마지막에 탄 친구는 어쩔 수 없이 그 애 옆에 앉을 수밖에 없었다.

"나 얘랑 네 시간 동안 같이 앉기 싫어요." 그 친구는 악다구니를 썼다.

선생님께 여기 앉을 바에는 차라리 수학여행을 가지 않겠다고 했다.

"맞아요. 쟤 얼마나 더러운데요."

"선생님, 쟤랑 같이 안 가면 안 돼요?" 다른 아이들도 한두 마디 거들었다.

그때 나는 생생하게 기억한다. 늘 그렇듯 고개

를 숙인 그 애의 모습을, 낙엽처럼 쪼그라든 그 애의 어깨를, 검은 자 대신 돌이라도 박힌 듯한 그 애의 먹먹한 눈빛을. 가슴이 뛰었다. 내가 대신 그 애옆자리로 가고 싶다는 충동이 일었다. 불쌍해서, 너무 불쌍해서 견딜 수 없었다. 하지만 일어날 수 없었다. 네 시간 동안 친구들의 시선을 견딜 수 있을까? 앞으로 졸업할 때까지 분명 '그 애의 남자'라는 꼬리표가 붙을 텐데…. 나는 일어서지도 못하고 외면하지도 못한 채 빨리 이 시간이 지나가길 바랐다. 그때였다.

"그럼 내가 앉지 뭐."

반장이 제 자리에서 일어나더니 그 애 옆에 앉았다. 그리고 자기를 보고 있는 친구들에게 '도대체왜 그러는데?'라는 듯 두 팔을 올렸다. 우리 반에서제일 공부 잘하고 또 인기 많던 반장이었기에 그 누구도 토를 달지 않았다. 선생님은 안도의 한숨을 내쉬셨고 그 애는 촉촉하게 젖은 눈으로 반장을 바라봤다.

'다행이다. 정말 다행이다.' 나는 나지막하게 읊

조렸다.

남자가 봐도 반장이 굉장히 멋있었다. 어떻게 저렇게 용감할 수 있지? 감탄만 나왔다. 경주로 가는 동안 반장은 이런저런 이야기를 하며 그 애를 챙겼다. 수줍고 어색한 웃음을 지으며 그 애는 고개를 끄덕였다. 그때 그 순간만큼은 여느 아이와 다를 바 없었다. 28년 전 이야기지만 그때 둘이 이야기하던 장면은 마치 오래된 회화처럼 아직도 내 뇌리에 깊숙이 박혀있다.

우리 딸이 이제 초등학교 2학년이다. 학교에 데려다줄 때 그리고 저녁에 식사할 때 나는 늘 습관적으로 물어보곤 한다.

"학교생활 어때?"

"요즘 누구랑 친해?"

혹여나 학교에서 따돌림이라도 당하는 건 아닌지, 요즘 애들은 우리 때보다 더 잔망스럽다는데. 세상 물정 모르는 딸이 혹여 자기도 모르는 사이에 친구들에게 무시라도 당하고 있는 건 아닌지 늘 겁이 나곤 한다.

학부모가 된 처지에서 그때 그 애의 부모를 생각해보면 가슴이 무거워진다. 얼마나 마음이 아팠을까? 눈에 넣어도 아프지 않을 자기 딸이 학교에서 그렇게 따돌림을 당했다면 얼마나 슬플까? 감히 상상조차 못 하겠다. 딸이 '예쁜 옷 사줘.' 했을 때 같이 쇼핑하며 이제는 친구들이 괴롭히지 않겠지 기대했을 그 마음이 눈에 보이는 것 같아 마음이 아프다.

"아빠. 우리 학교에 특이한 애 있어. 옷도 이상하고 걸음도 이상해."

어느 날 하굣길에 딸이 말했다. 아내에게 물어보니 이미 그 아이는 학교에서 모르는 사람이 없을 정도로 유명한 아이랬다. 나중에 우연히 본 적이 있었는데 딸이 따로 가리키지 않아도 '저 아이구나!' 알 수 있었다. 수많은 부모가 자신의 아들딸을 기다리며 교문 앞에 운집한 가운데, 그 애는 그사이를 뚫고 홀로 집에 가고 있었다. 딸이 말한 그대로였다. 옷은 해졌고 바지 밑단은 땅끝에 질질 끌렸다. 모든 학부모의 시선이 순식간에 그 아이에게 쏠렸다. 웅성거리는 소리가 그림자처럼 그 아이를 따라갔다.

그 아이의 뒷모습에서 28년 전 그 애가 떠올랐다. 축 처진 어깨와 목적이 없는 것처럼 걸어가는 모습까지. 마치 데칼코마니처럼 닮아있었다.

"혹시 저 친구, 또래 사이에서…. 아니 친구들이랑 잘 지내?"

"잘은 모르겠어. 같은 반이 아니라서."

"나중에 혹시 같은 반 되면 친하게…." 하지만 나는 더는 말을 잇지 못했다. 설익은 감정이 목구멍 위로 치밀어 올랐다.

'만약 그 아이랑 딸이랑 친해지면 어떻게 될까? 같이 어울려 다니면 혹시….'

그 짧은 순간 나는 한없이 밑으로 침잠했다. 우리보다 아픈 사람, 힘든 사람을 도우면서 살아야 한다고 가르치지만, 막상 이런 상황이 되자 뭐라 명확하게 말할 수 없었다.

우리 딸이 28년 전 우리 반의 반장처럼 할 수 있을까? 겁쟁이였던 아빠와는 다르게 친구들이 손가락질하든 말든 소신대로 움직일 수 있을까?

나이는 먹었지만, 아직도 나는 겁쟁이다. 내가 아닌 내 분신이기에 더 조심스러울 수밖에 없다. 나는 예전처럼 또 주춤거린다.

지난 꿈에서 나는 혼자였다. 외로웠고 쓸쓸했고 두려웠다. 현실로 돌아왔을 때 혼자가 아니란 사실에 너무나도 행복했다. 내가 꿈에서 겪은 그 잠깐의 아픔을 수년 동안(어쩌면 십수 년) 겪었을 그때 그 아이 이야기를 딸에게 해줄까. 하지만 왠지 모르게 머뭇거리게 된다.

"넌 절대 저 친구 놀리거나 괴롭히면 안 돼. 알겠지?"

내가 할 수 있는 말은 여기까지다. 마지막 남은 양심을 쥐어짜며 나는 어른도 아니면서 괜히 어른인 척해본다.

오디션이 끝나고 만난 연극배우

취업을 준비할 때 가장 두려웠던 것 중 하나가 면접이었다. 내게 주어진 단 몇 분의 시간 안에 자신을 잘 표현하는 일은 지금 생각해도 머리 아픈 일이다. 게다가 아무리 열심히 준비해도 면접관들은 황당하고 난감한 질문만 골라 던졌으니.

'이번 대답으로 합격과 탈락이 나뉘겠구나.'

어찌나 속이 타들어 가고 입술이 말라오는지 까딱하면 기절하겠다 싶을 정도였다. 하지만 이런 나와는 달리 내 앞에 앉아있는 면접관들의 표정은 성의 없게 느껴질 정도로 여유로워 보였다. 팔짱 낀 채로 냉소적인 표정으로 고개를 까딱까딱하는 건 기본, 지루한지 입을 쩍 벌리며 늘어지게 하품을 하는 이도 있었다. 심지어는 자기들끼리 잡담하느라 질문을 던져놓고는 대답을 제대로 듣지도 않았다. 아까운 시간만 계속 흘렀다. 그때 그들을 보며 이렇게 다짐했다.

'만약 내가 저 자리에 서면 절대 저렇게 하지 말아야지.'

드라마 PD가 되니 때때로 배우들을 직접 선택할 수 있는 상황이 주어졌다. 처음에는 마냥 재미있을 거라 생각했다. 네티즌들이 드라마 가상 캐스팅을 하듯 내 기준대로 내 취향에 맞춰 누군가를 뽑을 수 있으니까. 게다가 오디션 보러 오는 사람들 모두 끼가 넘치고 비주얼도 훌륭했다. 그들을 만나는 건 생각만으로도 설레는 일이었다.

하지만 사람을 뽑는 일은 생각 이상으로 너무 너무 어려운 일이었다. 모 선배는 자기 머리카락이 빠진 게 다 캐스팅 때문이라고 했는데 돌이켜보면 그 말이 맞았다. 매번 캐스팅할 때마다 두 손으로 머리 쥐어짜는 게 일상이니까.

도대체 왜 이렇게 어려운 걸까? 일단 주연급 배우들은 보통 수십 개의 대본을 받는다. 그중에서 자신에게 가장 어울리는 대본을 신중하게 고른다. 그래서 우리 같은 PD들은 몇 주고 몇 달이고 그들의 선택을 기다릴 수밖에 없다. 조, 단역급도 마찬가지다. 한 배역 당 적게는 네다섯 명, 많게는 수십 명씩 오디션을 보는데, 모든 게 딱 맞아떨어지는 배우를 찾기란 하늘의 별 따기 수준이다. 외모에 강점이 있으면 발성에 약점이 있고, 표현력이 좋은 배우는 아이러니하게 순발력이 약할 때가 많다. 서로 다른 매력 때문에 고민되는 경우가 많고 다른 배우들과의 궁합도 잘 계산해야 한다. 캐스팅에 대한 온전한 책임은 연출자의 몫이기에, 신중에 신중을 거듭할 수밖에 없다.

체력도 문제다. 하루에 여섯 시간 이상, 몇 주 동안 수백 명이 넘는 배우들을 만나다 보면 지치게 된다. 말을 많이 하니 입에서는 단내가 나고, 대본 읽고 즉흥 연기 후 이야기하는 상황이 계속 반복되니 정신까지 흐려지게 된다. 마지막쯤 되면 체력의 한계를 느끼면서 나도 모르게 한숨을 내쉬며 배우들을 맞이하게 된다. 물어보는 질문도 뻔하고 열심히 종이에 뭔가를 끄적이지만, 나중에 보면 그게 무슨 글씨인지도 모를 때가 많다. 어쩔 수 없이 별 특징이 없는 배우들에게는 의례적인 질문만 던지다 오디션이 끝나는 경우가 대부분이었다. 미안하지만 어쩔 수 없었다. 나도 연출자이기 전에 하나의 인간이니까.

그러던 어느 날이었다, 그날도 오디션을 끝내고 뒤늦게 순대국밥을 먹으러 식당에 갔는데 뒤 테이블에서 익숙한 목소리가 들렸다.

"자기야~ 어땠어?"

"어… 그게…. 일단 주문 먼저 하자."

삼십 분 전에 나와 오디션을 봤던 사십 대 연극 배우의 목소리였다. 오디션이 끝나고 아내와 식사를 하러 온 것 같았다. 신경을 쓰지 않으려 해도 자꾸 뒤를 의식하게 되었다. 불편해서 다른 곳으로 옮길까 했지만 이미 주문이 들어간 상태여서 그럴 수도 없었다. 그나마 테이블 사이에 칸막이가 있어서 서로 얼굴은 볼 수 없었던 게 다행이었다.

"느낌이 어때? 오랜만에 여의도 왔잖아." 아내는 조심스레 남편에게 물었다.

"열심히 했는데…… 잘 모르겠어. 근데… 연출이 나한테 별 관심 없어 보이더라. 다른 사람들에게는 질문도 많이 하던데 나한테는 두세 개밖에 안 했거든. 연기를 해도 리액션도 없고 무미건조한 얼굴로 쳐다보고……." 곧이어 그의 깊은 한숨이 뒤에서 들려왔다.

그 순간 불에 그을린 듯 얼굴이 화끈거렸다. 그의 말 그대로였으니까. 캐스팅 매니저를 통해 추천을 받긴 했지만 연기와 발성이 조금 과하다 싶어서 어느 순간부터 그를 잊고 말았다. 형식적인 질문 몇 개 던지고 또 그의 이야기를 성의 없게 들었던 것도 사실이다.

"꼭 되었으면 좋겠는데…." 남자의 목소리는 점점 흐려졌다.

"아직 모르잖아. 열심히 준비했으니까 좋은 결과 있을지도."

아내는 일부러 단단한 목소리로 남편을 위로했다.

나는 그날 순대국밥을 제대로 먹지 못했다. 먹는 내내 모래알이라도 씹는 듯 입안에서 계속 밥알이 서걱거렸다. 먹는 둥 마는 둥 대충 입에 쑤셔 넣고 자리에서 재빨리 일어났다. 행여 눈치챌까 봐 고개를 숙이며 밖으로 나갔다.

다시 회사로 가는 길, 씁쓸했던 그의 목소리가 계속 귓가에 맴돌았다. 오랜만에 찾아온 기회에 얼마나 열심히 준비했을까? 아내 앞에서 당당한 모습을 얼마나 보여주고 싶었을까? 오디션 내내 간절하게 날 바라보던 그의 눈빛이 자꾸 마음에 걸렸다. 하지만 나는 외면했고 제대로 된 기회도 주지 않았다. 물론 인지상정 때문에 사람을 뽑을 수는 없다. 어디서 오던 얼마나 오래 연습하고 준비했던 제일 잘하는 한 명을 뽑을 수밖에 없다. 그리고 누구나

다 그만큼은 간절하다는 것도 안다.

하지만 나는 초심을 잃어버렸다. 예전에 내가 간절했던 만큼이나 내 앞에 있는 사람도 그만큼 간절하다는 것을 잊어버렸다. '내가 저 자리에 서면 절대 저렇게 하지 말아야지.' 그렇게 다짐했건만 그때의 성의 없던 면접관들과 나는 전혀 다를 바가 없었다. 심지어는 조금 바쁘다고 연기자의 말 허리를 끊어버린 적도, 모든 힘을 다해 연기하는 배우들에게 간단한 박수조차 인색하게 굴었던 적도 허다했다. 그때 느꼈다.

나에게 최선을 다하는 사람에게는 나 역시 최선을 다해야 한다.

누군가를 도와주지는 못할지언정 누군가를 끌어내려서는 안 된다.

그 후로 나는 방식을 바꿨다. 예전에는 한 번에 세 명, 많게는 대여섯 명씩 보던 오디션을 이제는 한 명, 바쁘면 두세 명 정도로 인원을 줄였다. 그리고 내가 말을 많이 하는 대신에 배우들의 이야기를 많이 듣고, 그들의 장점을 하나라도 더 찾아내려고 노력했다. 마음에 들지 않은 배우라도 단칼에 외면하지 않고 다른 오디션을 볼 때는 이런 점을 보완해 가면 좋겠다고 진심으로 조언했다. 그렇게 배우들에게 솔직하고 부드럽게 다가가니 오디션 현장은 예전보다 훨씬 분위기가 좋아졌다. 긴장하던 신인배우들도 편하게 자기 이야기를 털어놓았고, 기존 이미지가 강했던 배우들도 자신의 숨겨진 매력을 유감없이 보여주었다.

물론 여전히 체력적으로 힘들 때가 많다. 예전 같으면 두 시간이면 끝날 걸 세 시간 넘게 걸리기도 하니까. 누구 하나 아쉬운 것 없이 자신이 준비한 것을 다 보여주려면 상당히 오랜 시간 기다려야 한다. 가끔은 괜히 쓸데없이 시간을 투자하는 건 아닐까? 조바심이 나기도 한다. 하지만 그럴 때마다 내 앞에 있는 사람이 12년 전의 내 모습일 수 있다고 생각해본다. 그러면 조금 더 그들에게 마음의 문을 열게 된다.

우리는 올챙이 적 시절을 잊고 살 때가 많다. 조금만 인기가 올라가거나 높은 자리에 오르면 갑자기 180도 달라져 버린다. 변한 건 내가 아니고 내 지위 혹은 환경이라고 자위하면서 마치 뭐라도 된 것처럼 행동하는 걸 당연시한다. 부끄럽지만 내가 그랬다. 함부로 남의 감정을 쥐락펴락하며 다녔다. 사실 나는 아무것도 아닌데.

그때 순대 국밥집에서 들었던 배우의 한숨 섞인 목소리, 그 목소리가 잃어버렸던 초심을 일깨워 주었다. 앞으로도 회중시계처럼 처음 위치에 줄을 매단 채 살아야겠다. 초심에서 벗어나면 길을 잃어버릴 수도 있으니 빙빙 돌더라도 자주 뒤를 돌아보면서, 멀리 가더라도 그림자가 남긴 발자국을 계속 확인하면서, 그렇게 살아야겠다.

아빠의 영화

인생에서 제일 처음 본 영화가 뭔지 모르겠지만 가장 충격적으로 본 영화는 확실히 기억난다. 스티븐 스필버그 감독의 〈쥬라기 공원〉이었다. 영화광이었던 아빠는 매번 형과 나를 데리고 고속버스터미널에 있는 극장에서 영화를 보여주셨다. 그때 우리 집은 자가용이 없었기에 버스를 타고 30분이나 가야 했다. 동네에도 극장들이 꽤 있었는데 왜 거기까지 가야 하는지 어린 나이에 이해가 안 되었지만, 아빠는 그 극장만 고집하셨다. 스크린도 사운드도 최신식이라 남다르다고 하셨나? 기억이 가물가물

하다. 암튼 그날도 구름 떼처럼 몰려든 관객들 사이에서 우리 삼부자는 영화를 봤다. 좌석이 매진되어서 계단에 앉아서 봤다.

영화 속에서 공룡이 처음 등장할 때의 순간을 잊을 수가 없다. 주인공들이 사파리 트럭 같은 걸 타고 넓은 평원을 지나가다가 무슨 소리가 들려 고개를 돌리자 엄청나게 큰 초식공룡, 브라키오사우루스가 나무 위에서 잎사귀를 뜯었고, 저 멀리 호숫가에는 다양한 공룡들이 한가로이 공간을 누비고 있었다.

'세상에~ 정말 살아 있잖아!'

그걸 보고 전율이 일었다. 정말 마법이었다. 화석으로만 보던 공룡이 저렇게 살아 움직이다니! 눈을 동그랗게 뜬 채 감탄사만 내뱉었다.

영화를 보고 집에 오는 길에 형과 나는 내내 영화 이야기만 했다. 공룡 중에 누가 힘이 더 세냐! 누가 제일 싸움 잘하냐! 그런 논쟁이었다. 결론이 안 날 때는 아빠한테 물어봤는데 그럴 때마다 아빠는 답 없이 미소만 지으셨다. 아빠는 늘 그런 식이었다. 필요할 때 빼고는 말이 거의 없으셨다. 버스에서 내려 집에 오는 길, 나는 아빠에게 물었다.

"아빠, 그럼 공룡은 이제 없는 거야? 영화처럼 부활시키면 되잖아!"

"이 바보야! 영화니까 가능한 거지!"

옆에서 까까머리 형이 대신 답했다. 시무룩해졌다. 초식공룡이 있으면 진짜 좋을 것 같은데…. 영화의 감흥이 식는 느낌이었다. 그런 날 보던 아빠는 자리에 앉으시더니 나보고 아빠 위에 올라타라 하셨다. 갑작스러웠지만 발이 아팠던 나는 옳다구나 어깨에 올라탔다. 불과 1미터 위였지만 세상이 달리 보였다. 거리를 밝히는 등불이 흔들려서 그런지 피부에 와닿는 공기마저 다르게 느껴졌다. 그렇게 목말을 탄 채 얼마나 걸었을까? 아빠가 갑자기 걸음을 멈추더니 뒤를 보라 하셨다.

"윤석아, 저거 봐! 아직도 공룡이 살아있는데!"

정말이었다. 가로등 불빛에 비친 우리의 그림자가 꼭 브라키오사우루스의 모습같았다. 기분이 좋아진 나는 뿌뿌! 하고 공룡 소리를 내었다. 형은 그런 날 보더니 질 수 없다는 듯 티라노사우루스 흉내로 날 위협했다. 그렇게 우리 삼부자는 어둑해진 밤거리를 쥬라기 시대로 돌려놓으며 엄마가 차려놓은 저녁을 향해 네 발로 걸어갔다.

그때 느꼈다. 꿈꾸기도 전에 이미 내 꿈은 결정되었는 걸.

아빠는 내 꿈을 전폭 지원해주셨다. 미술을 전공하셨기에 그림 그리는 법을 알려주셨고 셰익스피어, 찰스 디킨스, 알렉상드르 뒤마의 소설책을 사주셨다. '아바'와 '나나 무스쿠리'의 음악이 얼마나 아름다운 지도, 축구를 볼 때는 엉덩이를 들썩여야 제 맛이라는 걸 알게 해준 것도 아빠였다. 찰리 채플린의 광팬이었던 아빠 덕에 집에는 채플린이 만든 모든 영화가 다 있었다. 〈모던 타임스〉〈황금광 시대〉〈위대한 독재자〉〈시티 라이트〉 등등…. 그의 영화를 보면서 나의 꿈은 조금씩 구체화되었다.

그리고 운이 좋게도 나는 이야기를 만드는 사람이 되었다. 영화감독 대신 '드라마 PD'라는 다소

안정적인 직업을 택했지만. 처음 방송국에서 합격 통보를 받았을 때 아빠는 야윈 몸으로 뼈가 으스러 질 정도로 날 꼭 끌어안으셨다.

"고생했다! 윤석아."

"다 아빠 덕분이에요."

내 머리칼을 쓸어 넘기는 아빠, 그날만큼은 아빠의 깊게 팬 볼우물이 보조개처럼 느껴졌다.

당시 아빠는 백혈병으로 투병 중이셨다. 6년 넘게 지속된 항암치료와 통원, 그리고 기약 없는 입원의 무한 반복 속에 아빠도 가족도 모두 지쳐만 갔다. 촬영이 없는 날에는 서울대병원에서 아빠를 돌보며 의자를 세 개씩 붙여놓고 잠을 자야 했다. 아빠에게는 곧 괜찮아질 거라고 위로했지만 정작 나는 괜찮지 않았다. 너무너무 힘들었고 피곤했다. 남들처럼 데이트도 하고 싶고 여행도 다니고 싶었다.

"지금 우리 아들 드라마 할 시간이네. 채널 좀 돌려봐요."

아빠는 내가 만든 드라마는 꼭 보셨다. 같은 병

실을 쓰는 환자에게 저 드라마 우리 아들이 찍은 거라고 자랑하셨다.

"아빠! 제가 찍은 건 아니에요. 저는 그냥 조연출이에요."

"조연출이 어때서. 언젠가는 너도 연출할 거잖아!"

그런 아빠의 관심이 부담스러웠다. 회사 일을 묻고 또 이성 관계도 묻고 세상이 어떻게 돌아가는지도 늘 궁금해하셨으니까.

"근데 요즘에는 소설이나 시나리오는 안 쓰냐?"

"글쎄요. 시간이 없네요." 나는 건조한 목소리로 답했다.

"난 네 글 좋은데…." 그러면서 안타까워하셨다.

어느 날 아빠는 내게 다이어리를 하나 구해 달라고 하셨다. 지루한 병원 생활이니 뭐라도 하시는 게 좋을 것 같아 이유도 묻지 않고 사다 드렸다. 그후로 아빠는 매일매일 뭔가를 쓰셨다. 일기라도 쓰시나 생각했다. 그렇게 몇 개월이 지나자 아빠는 내게 다이어리를 건네셨다.

"이게 뭐예요?"

"혹시 이야기가 필요할까 봐." 아빠는 수줍은 목소리로 말씀하셨다.

얼마나 열심히 쓰셨는지 다이어리 전체에 글씨가 빼곡하게 적혀있었다. 나는 열심히 읽었다. 아빠가 쓴 건 역사 소설이었는데 이야기 자체는 흥미로웠지만 전체적으로 좀 올드했다.

"어떠니?"

"아빠 정말 고생하셨고 좋은데요. 요즘 트렌드의 이야기는 아닌 것 같아서···. 드라마 하기에는 조금 힘들 것 같아요." 솔직하게 말하는 게 좋을 거라 생각했다. 헛된 희망을 심어주는 것만큼 잔인한 건 없으니까.

"아! 그러니···. 혹시나 해서." 아빠는 담담하게 말씀하시곤 내 어깨를 툭툭 치시더니 옆으로 돌아누우셨다. 나는 다이어리를 다시 아빠의 서랍에 넣어두었다.

그리고 몇 개월 후, 아빠는 돌아가셨다. 의사는 늘 마음의 준비를 하고 있으라 했지만 단 한 순간도 그 말을 실감하지 못했기에 아빠의 빈자리는 너무나도 크게 다가왔다. 평범한 일상을 보내면서도 발작처럼 눈물이 터져 나왔다. 이제 곧 태어날 손녀를 안게 해드리고 싶었는데 그러지 못해서. 엄마랑 찍은 사진은 많은데 아빠랑 찍은 사진은 거의 없어서. 내가 연출한 드라마를 보여드리고 싶었는데 절대 그럴 수 없어서. 가슴이 메어왔다.

퇴근하고 집에 오면 이제 일곱 살이 된 딸이 나를 반긴다. 현관 번호키를 누르자마자 어떻게 알았는지 아이는 현관으로 뛰어온다. 장난꾸러기에다가 겁도 많은 게 딱 나를 빼다 박았다. 가끔 딸의 얼굴을 가만히 보고 있으면 거울을 보는 느낌이 들 정도다.

"왜 이렇게 늦었어?"

"아, 아빠 회의하느라."

"먹을 거 안 사 왔어?"

"졸음 껌이라도 먹을래?"

"오늘 내가 어린이집에서 쓴 시 보여줄까?"

딸과의 대화는 늘 이런 식이다. 둘 다 서로 자기

이야기만 하는데 어떻게든 이야기는 통한다. 게다가 이야기의 끝은 한결같다.

"아빠! 안아줘."

"아빠 피곤한데."

내 대답 따윈 상관없다는 듯 딸은 내 몸을 정글짐 삼아 기어오른다. 온종일 일하느라 녹초가 된 상태지만 나도 모르게 고개를 숙이게 된다. 아이는 하루가 다르게 점점 무거워져서 조만간 내 머리를 호빵맨처럼 갈아 끼워야 할 것 같다. 그렇게 딸을 목말 태우고 집안 이곳저곳, 혹은 동네 한 바퀴를 돌다 보면 어린 시절 생각이 많이 난다.

'아빠도 날 업었을 때 이런 기분이었을까?'

어렸을 때 나는 귀가 많이 아팠다. 귀에서 계속 짓무름이 나서 도통 잠을 잘 수가 없었다. 그럴 때마다 아빠는 우는 날 업고 동네를 한 바퀴 돌았다. 아빠의 등에는 센서가 있는 것 같았다. 여름에는 시원했고 겨울에는 따뜻했으니까. 한없이 넓은 등판에 볼을 비비고 아빠의 체온을 느끼곤 했다. 아빠는 한 걸음 한 걸음 걸으면서 콧노래를 흥얼거렸다. '울고 넘는 박달재' '신라의 달밤'이 아빠의 애창곡이었다. 구성진 아빠의 목소리, 흥겨운 발걸음 박자에 맞춰 신선한 밤공기를 들이마시다 보면 내 울음은 점차 잦아들었다.

　　나는 아빠와는 달리 트로트 대신에 동요나 발라드를 부른다. '에델바이스' '섬집아기' 성시경의 '두 사람'이 주로 부르는 노래다. 음치라 혹여 누가 들을까 봐 소곤소곤 부르지만 그래도 딸은 제법 잘 들어준다. 신청 곡을 말할 때도 있고 자기가 아는 노래가 나오면 같이 합창하기도 한다. 그렇게 몇 곡을 부르다 보면 딸은 등에 업혀 새록새록 잠이 들곤 한다. 무겁지만 하나도 무겁지 않다. 팔이 떨어질 것 같지만 하나도 아프지 않다.

　　'이런 마음이었겠지.'

　　멈춰 서서 밤하늘을 바라본다. 밤하늘을 보고 있으면 아빠와 통하는 느낌이 든다. 건강할 때의 아빠 모습을 그려야 할지 투병 중이실 때의 아빠를 그려야 할지 순간 헷갈린다. 그때 내가 내뱉은 목소리가 머릿속에 재생된다.

"아빠, 요즘 트렌드의 이야기는 아닌 것 같아서."

건조한 내 목소리 그리고 날 쳐다보는 아빠의 씁쓸한 눈빛. 옆으로 돌아눕는 아빠의 모습.

이제 당신의 높이가 되니 당신의 마음이 보인다. 우리 딸이 내게 그렇듯, 나는 당신의 희망이고 당신의 걸음이었구나. 그때 왜 나는 그 마음을 미처 몰랐을까? 아들에게 도움이 되고 싶었을 뿐인데. 그저 뭐라도 해주고 싶은 마음뿐이었을 텐데.

"죄송해요. 그때 좀 더 따뜻하게 말씀 못 드려서."

뒤늦은 후회 때문일까? 사무치게 그리워진다. 아빠는 여기 없지만 그래도 나는 아빠를 느낄 수 있다. 찰리 채플린의 무성 영화를 닮은 아빠는 여전히 호기심 어린 눈빛으로 날 내려 보고 있다는 것을. 조금 멀리 있을 뿐이다. 조금 높이 있을 뿐이다. 내가 볼 수 없지만 내 목소리는 닿는 거리에서.

가로등 불빛 때문에 길게 늘어진 그림자가 보인다. 잠든 딸을 업은 내 그림자다. 25년 전, 그때와 많이 닮아있다.

"아빠 말이 맞네요. 아직도 공룡이 살아있어요!"
당신 목소리를 닮은…. 나는 혼자 조용히 읊조
려본다.

나의 열등감 연대기

'아, 짜증 나, 노래까지 잘해.'

노래방에서 A 선배가 노래 부르는 모습을 보면서 하마터면 욕이 나올 뻔했다. 어찌나 목소리가 좋은지 웬만한 가수들 뺨치는 실력이다. 게다가 저 자세 좀 보라지. 마이크를 휘감은 가느다란 손, 그중에 새끼손가락 하나는 방울뱀 꼬리처럼 꼿꼿이 세워져 수많은 여자를 유혹하고 있다. 다들 그의 마력에 홀린 듯 두 손을 가지런히 모은 채 살랑살랑 고개를 흔든다. 따라 부르는 사람도 있고 그윽한 시선으로 눈을 맞추는 사람도 있다. 아니 유부남이 저래도 되는 거야? 누가 보면 콘서트에 온 줄 알겠어. 게다가 사람들도 어쩜 저럴 수 있지? 아까 내가 노래 부를 때는 다들 노래방 책에 고개를 파묻고 있었으면서.

질투가 난다. 선배는 얼굴도 잘생겼고 연출도 잘하면서 게다가 노래까지 잘한다. 이게 말이 돼? 사기 캐릭터 아니야? 오징어보다 못생겼고 한치처럼 다리 짧은 나는 겉으로는 아무렇지 않은 척 손뼉을 치지만 속으로는 부글부글 끓고 있다. 이런 게 열패감인 건가. 하필 선배가 부르는 노래가 라디오헤드Radiohead의 CREEP이어서…. 그가 내게 시선을 돌릴 때마다 지레 찔린다.

But I'm a creep 하지만, 나는 멍청이야

I'm a weirdo 이상한 놈이지

What the hell am I doin' here? 내가 여기서 뭘 하고 있는 거지?

그러게 나는 여기서 뭐 하고 있는 건가? 두 손

의 엄지와 검지를 맞닿은 채 애써 '이너 피스'를 되뇌어 보지만 몽땅한 손가락이 또 마음에 안 든다. 그래도 다행인 건(?) 그나마 시대를 잘 타고났다는 것, 중세 시대에 태어났으면 노트르담 성당에 갇혀 종이나 치고 있었을 텐데.

생각해보면 나는 '살리에리'처럼 살아왔다. 나름 꽤 열심히 살았지만 내 앞에는 범접할 수 없는 누군가가 꼭 있었다. 그들은 내게 지독히도 깜깜한 그림자를 드리웠고 나는 어둠 속에 하얀 이를 드러내며 그들의 뒤를 끊임없이 쫓았다.

처음 날 열등감에 시달리게 한 것은 고등학생 때 만난 천재 소년 B였다. 그 당시 학교에서의 성적이 나쁘지 않았던 나는 살짝 우쭐해져 있었다. 하지만 곧 전국에서 똑똑하다는 녀석들이 다 와있던 '종로학원'에 가게 됐고, 곧바로 평범한 학생으로 전락했다. 그곳의 똑똑한 아이들 중에 B라는 친구는 압도적이었다. 과학고 다니는 아이였는데 매번 모의고사에서 1등을 놓치지 않았다. 난이도가 물이든

불이든 상관없었다. 물이면 시험지 위에서 서핑했고 불이면 불판 구이를 해서 문제들을 냠냠 맛있게 씹어 먹었다.

제일 어이가 없었던 건 한 번도 그 녀석이 제대로(?) 공부하는 걸 본 적이 없다는 것이었다. 녀석은 자습할 때마다 교재를 30분 정도 쓱 보다가(말 그대로 보기만 했다. 필기도구를 전혀 사용하지 않았다.) 찜질방에서 나온 듯 개운한 표정으로 가방을 챙겼다.

"너 어디 가?"

"응. 다 봤어."

그게 끝이었다. 나는 한나절은 봐야 할 걸 녀석은 삽시간에 끝내버렸다. 진짜인가? 아니면 허세인가? 황당한 표정으로 쳐다보는 내게 녀석은 이렇게 물었다.

"나 당구 치러 갈 건데 너도 갈래?"

"어…. 아니."

고개를 젓자 녀석은 내 어깨를 툭툭 치고 학원을 떠났다. 녀석은 늘 그런 식이었다. PC방에 살거나 여자 친구랑 비디오방을 가거나 홍대 클럽에 가서 춤을 추거나. 그런데도 정말 신기하게 1등을 놓치지 않았다. 이상하다. 엄마는 엉덩이 무거운 사람이 공부도 잘한다고 했는데….

'저러다가 한 번은 꼬꾸라지겠지? 내가 꼭 널 쓰러트리고 말겠다.'

그렇게 독한 마음을 품고 정말 열심히 공부했다. 시험 기간이 아닌데도 밤을 꼬박 새웠다. 녀석은 너무 무리하는 것 아니냐며 걱정해줬다. 그때 나는 속으로 음흉하게 비웃었던 것 같다. 하하. 두고 봐라. 내가 널 꺾고 나서 밤새도록 셔플댄스를 춰주마.

하지만 다음 모의고사에서 녀석은 또 전체 1등을 차지했다. 이번에도 압도적이었다. 나는 어느 정도 등수는 올랐지만, 여전히 1등에서는 한참 뒤에 머물러 있었다. 어떻게 이럴 수 있지? 노력하면 된다며? 그때 깨달았다. 거북이는 아무리 달려도 토끼한테 안 된다는 것을. 토끼가 나무 아래서 잠을 자든 아니면 당구를 치든. 보폭의 차이는 절대 무시할 수 없다는 것을. 인생은 동화가 아니다.

내게 열등감을 안긴 두 번째 녀석은 대학 때 만난 내 절친 C였다. 어릴 때부터 나는 꽤 재밌는(?) 녀석이었다(보통 못생긴 녀석이 '오락 반장'하는 것처럼). 어느 모임이든 분위기를 주도했고 친구들도 내 농담을 꽤 좋아했다. 어깨에 뽕이 한참 들어가 있을 때 C를 만났다. 우리는 처음 본 순간부터 상대가 보통이 아니라는 걸 눈치챘다.

'오호. 꽤 웃기는데?'

입담 50퍼센트, 몸 개그 20퍼센트, 개인기 15퍼센트, 썰 풀이 15퍼센트. 조향사처럼 코를 킁킁거리며 우리는 서로의 개그력을 파악했다. 먼저 기선을 제압한 건 나였다. 그동안 묵히고 묵힌 이야기와 노래방에서 쌓아온 화려한 개인기로 친구들을 사로잡은 뒤 거의 만장일치로 나는 반에서 대표를 맡게 되었다. 그러면 그렇지. 후후. 득의양양한 미소로 어깨를 털었다.

하지만 웃음은 오래가지 않았다. 녀석은 뒤늦게 포텐을 터뜨렸다. 술자리에 갈 때마다 C가 앉은 테이블에는 웃음꽃이 만발했다. 몇몇 동기들은 너무 웃다가 사레가 들릴 정도였다. 옆 귀로 녀석이 말하는 걸 몰래 들었다. 어떻게 멘트 하나하나가 저렇게 웃길 수 있지? 정말 놀라울 따름이었다.

그러다 보니 내 테이블에 앉은 사람들마저 다들 C의 이야기에 집중하였고 결국 내게 등을 보이고 말았다. 볼이 빨갛게 타들어 갔다. 한 번도 이런 수모를 겪은 적 없는데…. 녀석만 없었어도 내가 제일 웃긴 건데. 질투가 났지만 녀석은 내 절친이었기에 티를 낼 수도 없었다.

나는 늘 그렇지만 유머도 공부하는 스타일이었다. 재미있는 상황을 잘 기억했다가 현장에서 써먹었다. 하지만 C의 스타일은 나와 정반대였다. 워낙 순발력이 탁월했기에 상황에 맞춰 재치 있는 멘트를 툭툭 날리는 스타일이었다. 그러면 아이들은 자지러졌다(방송국에 일하면서 재밌는 사람을 수없이 만났지만, 아직도 이 친구만큼 웃기는 사람은 보지 못했다). 집에 가는 길, 버스 뒷자리에 앉아 C가 한 멘트를 곰곰이 분석해봤다. 왜 나는 이 친구만큼 못 웃길까? 어떻게 하면 저런 멘트가 저절로 나올까? 왜

신은 내게 저런 혓바닥을 주지 않으셨을까? 밤하늘을 보며 원망하고 또 원망했지만 바뀌는 건 없었다.

방송국에 들어와서도 마찬가지다. 처음 사석에서 만났을 때는 다들 나랑 비슷한 사람일 거라 생각했다. 어떤 사람은 허술해 보이기까지 했다. 하지만 그들이 찍은 드라마를 보면 깜짝 놀랄 때가 많다.

'와, 저걸 어떻게 저렇게 찍었지?'

'저 배우 컨트롤하기 엄청 힘든데 최고의 연기를 끌어냈구나.'

'세상에, 저 대본을 저렇게 연출하다니.'

처음에는 애써 부정했다. 나도 S급 배우들이랑 A급 작가들이랑 일하면 저렇게 찍을 수 있어. 최고의 배우와 작가가 있는데 시청률은 보장되는 것 아니야? 하고 말이다.

하지만 이제는 느낄 수 있다. 그들과 나의 역량 차이라는걸. 아무리 발버둥을 쳐도 그들처럼 만들 수 없다. 그들에게 가까이 갈수록 내 한계만 명확해졌다. 그 와중에 노래방에서 A 선배가 부르는 노래를 듣다 보니 열등감에 빠져 이렇게 소리치고 싶었다.

'꼭 그렇게 다 가져가야만 속이 후련했냐?'

늘 그런 생각을 한다. 왜 나는 저렇게 태어나지 못했을까? A 선배처럼 잘생기고 노래도 잘했으면, 친구 B처럼 공부를 잘했으면, 절친 C처럼 타고나게 웃겼으면, 동료 PD들처럼 똑똑하고 재능이 많았으면.

하지만 어느 순간 깨달았다. 내가 남보다 잘하는 게 뭔지 알게 된 것이다. 그것은 바로 내 한계를 직시하고 인정하는 거였다. 뱁새는 황새를 절대 따라갈 수 없다. 살리에리는 모차르트처럼 될 수 없다. 그렇게 자신의 위치를 알게 되니까 역설적으로 내가 지금 어디에 있는지, 앞으로 어디로 가야 하고 또 무엇을 해야 하는지 좀 더 명확해졌다. 예전에 누군가가 말했다.

"너의 진짜 위치를 알고 싶으면 앞사람과의 거리를 계산해보면 된다고."

그동안 내 주변에 있던 천재들은 나를 이끄는

범선이었다. 때론 정글을 헤치는 탐험선처럼, 때로는 북극의 쇄빙선처럼 그들이 장애물과 풍파를 헤치며 앞으로 나갈 때 나는 조그만 배를 몬 채 상대적으로 편안한 상태에서 그들을 뒤따랐다. 영원히 그들을 따라잡을 수는 없겠지만…. 그래도 뒤돌아보면 그 천재들 덕분에 다른 누구보다 멀리 나아갈 수 있었다.

생각해보면 그들은 나의 목표이자 동력이었다. 결핍에서 에너지가 생기듯, 나는 열등감이라는 연료를 불태우며 그들의 행동 하나하나를 따라 했다. 어떻게 하면 공부를 잘할 수 있을까? 어떻게 하면 사람들을 웃길 수 있을까? 어떻게 하면 저렇게 연출을 할 수 있을까? 드라마를 하나 보더라도 수십 번 돌려보며 천재들의 생각을 감히 짐작해보려고 했다.

그러다 보니 어느 정도는 비슷하게 따라 한 적도 있다. 그리고 그들이 있었기에 겸손해질 수 있었다. 어릴 때 나는 다소 오만방자한 성격이었다. 세상 무서운 줄 모르고 제 잘난 맛에 살았던 것 같다.

하지만 주위에 천재가 많다는 걸 깨달은 후 저절로 고개를 숙이게 되었다. 만약 그들이 없었다면 나는 뚜껑 덜 닫힌 물티슈처럼 함부로 세상을 향해 고개를 내밀었다가 서서히 말라갔을지도 모른다.

세상의 모든 B급 재능들에 말하고 싶다. 당신이 느끼는 질투와 열패감은 훌륭한 땔감이 될 수 있으니 천재가 만들어 놓은 그늘을 잘 활용하자고. 게다가 천재들은 요절하는 경우가 많다던데 우리는 그런 걱정이 없으니 그러니 얼마나 좋으냐고. 벽에 우리만의 천연재료로 예쁘게 칠할 때까지 오래오래 살자고 말이다.

"잘 지내? 오랜만이야!"

살다 보면 일이 뜻대로 되지 않을 때가 있다. 내게는 그게 2021년 가을이었다. 1년 반 동안 열심히 준비한 드라마가 잘되지 않았다. 흥행도 평가도 좋지 못했다. 그러다 보니 많은 게 변했다. 드라마 하면서 얻은 상처도 컸지만, 무엇보다 자존감이 바닥을 쳤다. 지나가는 사람 모두 나를 향해 손가락질하는 느낌이었다. 기분 탓일 수도 있지만 회사에서 날 보는 시선도 사뭇 달라졌다. 전에는 분명 이렇지 않았는데….

'그동안 나름 괜찮은 경력이었는데.'

한순간에 무너졌다. 이렇게 큰 실패는 처음이어서 그런가? 나는 꽤 오래 길을 잃고 방황했다. 익숙지 않은 고통을 어떻게 감내해야 하는지 좀처럼 답을 찾지 못했다. 세상의 모든 공간이 블루 스크린 같았고 나는 풍차 없는 곳에 서 있는 '돈키호테'가 된 기분이었다. 어딜 가도, 어느 곳에 있어도 참을 수 없는 이질감이 느껴졌다. 숨고 싶었다. 검은 옷에 묻은 얼룩처럼 누구도 볼 수 없는 곳으로 사라지고 싶었다.

그날도 그랬다. 새벽 여명과 함께 떠진 눈을 종일 깜빡이다가 답답한 마음에 집 주변 안양천을 혼자 배회했다. 터덜터덜 걸어가는 내 어깨너머로 진눈깨비가 내렸고 사선으로 부는 찬 바람은 힘없는 내 머리칼을 흩날렸다. 걸으면서 나는 계속 내게 질문을 던졌다.

'앞으로 어떻게 해야 할까?'

알베르 카뮈는 '행복이 무엇인지 계속 묻는다면 결코 행복해질 수 없다.'라고 말했다. 수많은 생각과 질문은 나를 단단하게 만들기는 커녕 계속해서 나를 흔들어놓았다.

'내게 다시 기회가 있을까? 앞으로 잘하면 되지. 아직 젊은데…

예전에는 그렇게 많이 오던 기획안이 이제는 가뭄에 콩 나듯 오는데?'

한 걸음 뗄 때마다 수많은 생각이 내 머리 위로 스쳐 지나갔다. 딱히 가고 싶은 곳은 없었다. 그렇다고 이대로 멈춰있고 싶지는 않았다. 가슴이 답답했다.

'그래도 연출 못 한다는 소리 들은 적은 없잖아. 아이디어도 많다고 소문났고…

그러면 뭐 해 이미 스크래치 났는걸. 과일로 따진다면 이제 파품이 된 거야!'

좋은 쪽으로 생각하려 해도 자꾸만 불쑥불쑥 찾아오는 부정적인 생각이 내 걸음을 처지게 했다.

길 위의 풀들이 한겨울 찬바람에 사락사락 흩날렸다. 저 멀리 골프 연습장 네트 너머로 잿빛 하늘이 펼쳐져 있었고, 달이 여위고 차오르듯 내 그림자는 짧았다 길어졌다 반복했다. 그때였다. 딩동. 핸드폰 문자음이 들렸다.

감독님! 요즘 어떻게 지내? 통화 가능?

확인해보니 배우 남궁민 형님이었다. '형님이 갑자기 무슨 일이지?' 머릿속에 물음표가 생겼다.

남궁민 형님과 나는 〈김과장〉이라는 드라마에서 주연과 연출로 만났다. 우리는 서로 잘 맞았다. 어떻게 하면 웃길까? 서로 경쟁하듯 아이디어를 내었고 시청자들도 좋아해 줬다. 일주일에 사나흘은 꼴딱 밤을 새우며 촬영하다 보니 전우애도 생겼다.

드라마가 끝난 후에도 형님은 꾸준히 술을 사줬고 연락도 자주 주고받았다. 내 두 번째 단막극에 바쁜 시간 쪼개서 특별출연까지 해주셨다. 연기는 말하면 입 아플 정도로 완벽하고(살면서 이렇게 대본 많이 보는 배우는 처음 봤다.) 사석에서는 친형처럼 현실적인 조언도 해주고 썰렁한 내 유머에도 깔깔거리며 웃어주는 정 많은 사람이었다. 전화를 할까 말까 고민하다가 카톡으로 안부 인사를 보냈다.

저야 뭐 늘 그렇죠. 하하.
형님 잘 지내셨어요?
늦었지만 연기대상 다시 한번 축하드려요. 하하

며칠 전 형님은 〈스토브리그〉로 SBS 연기대상을 받았다. 방송을 보면서 축하한다는 글을 문자창에 썼다 지우기를 반복했다.
'내가 안 보내도 다른 사람들이 축하 인사 충분히 많이 할 거야.'
'드라마 한다고 최근에 연락도 많이 못 했으면서 뭘.'
결국 그렇게 생각만 하다가 메시지를 보내지 않았다.

답톡은 없었다. 다행이라 생각했다. 나는 또 안양천을 걸었다. 너무 '하하'를 남발했나? 그나저나 몇 개월 만에 왜 연락하신 거지? 혹시 내가 연기 대상 축하 메시지 보냈다고 착각한 건가? 수많은 생각이 들었다. 오랜만에 목소리를 듣고 싶었지만, 차마 통화버튼을 누르지 못했다. 솔직히 자격지심도 있었다. 형님이 스타가 되어 저 멀리 올라가는 동안 나는 바닥까지 떨어져 버렸기에…. 유명 배우가 스크래치 난 감독을 찾을 일이 뭐 있겠나 그렇게 생각했다. 그렇게 고개를 저으며 걷고 있을 때 이번에는 전화가 왔다. 받을까 말까 잠시 고민하다가 검지로 통화버튼을 눌렀다.

"어~ 형님." 일부로 밝은 목소리를 지어냈다.

"감독님. 잘 지냈어?"

그렇게 우리는 몇 분 동안 근황 토크를 했다. 나는 축하 늦게 해 줘서 미안하다고 전했고 형님은 요즘 준비하는 드라마 이야기를 꺼냈다. 농담하고 호응하고 하하 웃으며 늘 그렇듯 이야기는 화기애애하게 흘러갔다.

"감독님, 이번에 많이 힘들었지?"

"네?" 갑자기 형님이 그렇게 말하자 나는 무방

비 상태가 되고 말았다. 어디서 내 이야기를 들은 걸까? 아니면 시청률을 보고?

"뭐~ 쪼금 힘들었어요. 하하. 생각대로 되지 않더라고요." 감정을 꾹꾹 눌러 담으며 말했다. 남 앞에서 우는소리 하기 싫었다. 내 마음을 들키기도 싫었다. 하지만 형님은 내 마음을 읽은 듯이 말했다.

"난 누구보다 우리 최 감독님 믿어요. 내가 사람 보는 눈 있잖아. 우리 최 감독님은 5년 안에 최고가 될 거야!" 그 이야기를 듣는데 순간 눈물이 핑 돌았다.

"그럴… 까요?"

"그럼. 내 눈 정확하다니까. 그러니까 이번은 툭툭 털어 넘기고 다음 거 준비 잘해요."

"네. 형님. 감사해요."

핸드폰을 내려놓고 다시 천천히 걸었다. 그동안 누군가에게 위로받고 싶다고 생각한 적 없고 누군가의 도움 또한 필요 없다고 생각했다. 늘 그렇듯 혼자 해결하려 애썼다. 내 아픈 모습을 들키는 게 싫었고 성격상 남에게 우울한 이야기 하는 것도 좋

아하지 않았다. 누군가가 나를 애처롭게 바라보는
건 상상만으로도 끔찍했다. 조개껍데기처럼 단단하
게 마음을 닫고 가족을 제외한 그 누구도 볼 수 없
게 하는 것, 그게 내가 세상을 대하는 방식이었다.

'난 원래 혼자가 편해.'

참는 것도 그리고 이겨내는 것도 혼자 잘할 수
있다고 생각했다. 그게 편했으니까. 나만 내 마음을
잘 추스르면 되니까. 그 정도로 의지력 있는 사람이
라 생각했다.

하지만……. 아니었나 보다. 울컥. 눈물이 고이
면서 코끝이 찡해진 걸 보니 아무래도 나는 누군가
의 따뜻한 말 한마디를 간절히 바라고 있었나 보다.

'내가 사람 보는 눈 있잖아. 우리 최 감독님은
5년 안에 최고가 될 거야!'

그 말이 계속 귓가에서 맴돌았다. 솔직히 전부
진심은 아니었을 거다. 으레 예의상 힘내라고 한 말
이었는지도 모른다. 그래도 그 한마디는 내 마음 한
복판에 커다란 동심원을 그려냈다. 심장에 열꽃이
올라 점점 걸음을 빨리하다가 결국 안양천을 내달

렸다. 달려도 달려도 힘들지 않았다.

'사람 살아가는데 필요한 온기는 그리 많은 양이 아닐지도 모른다.'

생각해보면 지금까지 나는 누군가에게 손을 먼저 내민 적이 거의 없다. 내가 잘 나갈 때는 앞만 보고 달렸고, 떨어졌을 때는 스스로의 감정에 빠져 주위를 돌볼 정신이 없었다. 친구들에게 안부 인사 먼저 한 적 없었고 설령 좋지 않은 이야기를 들어도 안쓰러운 마음만 간직한 채 흘려 넘겼다. 거만하다면 거만했고 차갑다면 누구보다 차가운 인생이었다. 주는 것보다 받는 것이 익숙했고 비판보다는 칭찬에 관대했다. '내버려 둬도 난 알아서 잘해.' 일종의 자신감이자 모종의 자만심에 길든 삶이었다. 하지만 쿵! 제대로 넘어지니까 전에는 보이지 않았던 것들이 보이기 시작했다.

'아, 혼자서는 절대 안 되는구나!'

그런 생각으로 천변을 뛰면서 나는 한 가지 목

표가 생겼다. 내가 나중에 잘되더라도 내 사람은 절대 잊지 않기로. 민 형님이 내게 전화 준 것처럼 만약 누군가에게 힘이 될 수 있다면 나도 주저 말고 손을 잡아주기로. 나는 나를 믿어주는 사람이 필요했다. 그렇다면 나도 누군가에게 그런 사람이 돼야겠다 싶었다. 그때부터 지인들에게 먼저 연락하기 시작했다.

잘 지내니?

보고 싶어요. 요즘 뭐해요?

생일 축하해

많이 힘들었지? 괜찮으면 시간 좀 내줄래?

오랜만이라 반갑다는 문자도 있었고 술 한 잔 사달라는 메시지도 있다. 내 문자를 받고 온종일 행복했다는 사람도 있었다. 대부분 기분 좋게 답해주지만 물론 답이 없을 때도 있다. 아마 '갑자기 저 녀석 뭐야? 생뚱맞다.' 생각했을지도. 뭐 그래도 상관없다. 다만 내가 그들을 진심으로 생각하고 있다는 것만 알았으면 좋겠다.

그렇게 몇 달 동안 메시지를 주고받으면서 느낀
건, 세상에 나 같은 사람들이 참 많구나 하는 것이
다. 다들 외롭고 마음 기댈 곳 없이, 자신의 이야기
를 들어줄 사람을 그리워하고 있었다. 행복하면 행
복한 대로, 힘들면 힘든 대로 다들 각자의 위치에
서 누군가의 온기를 기다리고 있었다.

'외로움과 외로움은 맞닿아있더라. 고독과 아픔
은 혼자만의 것이 아니더라.'

누군가에게 먼저 손을 내미는 건 낯설고 어색
하다. 때론 용기도 필요하다. 하지만 그 용기를 딛고
번거로움을 이겨내 누군가에게 따뜻한 한마디를
건네는 순간, 상대방은 어쩌면 중요한 인생의 결정
까지 바꿀지도 모른다. 내가 그랬던 것처럼 말이다.

이 글을 보는 당신도 보고 싶지만, 오랫동안 연
락하지 못했던 지인에게 메시지를 보내보면 어떨까?

잘 지내? 오랜만이야!

작은 용기를 내면, 그 메시지는 상대방에게 당신의 체온을 고스란히 전해줄 것이다. 그러면 보지 않아도 미소 짓는 상대방의 얼굴을 당신도 분명 느낄 수 있을 것이다.

에너지 도둑을 대하는 방법

"야, 그 인간은 말이야. 그게 문제야!"

이 인간은 또 이런 식으로 이야기를 꺼낸다. 불과 몇 분 전에도 두 시간 넘게 누군가를 씹었으면서도 아직도 씹을 말이 남았나 보다. 몰래 테이블 아래로 시계를 본다. 집에 가고 싶다. 빨리 이 술자리가 끝났으면 좋겠다. 영화 속 닥터 스트레인지라면 타임스톤을 꺼내 시간을 조정했을 텐데.

대부분의 모임과 회식은 늘 이렇다. 남녀노소를 불문하고 술만 들어가면 꼭 누군가가 안주가 되어

잘근잘근 씹힌다. 가깝게는 동료부터 넓게는 연예인들 혹은 정치인들까지. 자질과 능력으로부터 시작된 평가는 자연스레 그놈의 인성으로 이어진다. 게다가 여러 사람의 입을 통해 살이 붙여진 이야기는 어느 순간 그놈(?)을 천하에 하나밖에 없는 악당으로 만들어버린다.

'어쩜 그렇게 숭악할 수가 있지?' 듣는 것만으로도 오싹오싹 소름이 돋는다.

"네 생각은 어때? 그러고 보니 아까부터 왜 말을 안 해?"

줄곧 듣기만 하면, 어느 순간 내게도 시선이 집중된다. 그들이 나눈 뒷말에 동조하지 않으면 큰일이 날 것 같은 분위기다. 입술을 계속 오물거리다가 어렵게 입을 뗀다.

"음…. 그게 말이에요."

그런 모임을 마치고 집에 갈 때면 에너지가 다 빠져나가는 느낌이 든다. 버스 차창에 비친 내 모습도 다섯 살은 더 늙어 보인다.

하지만 반대로 시간이 빨리 흐르는 만남도 있다. 두 시간 만난 것 같은데 알고 보니 네 시간이 훌쩍 지나있고, 온종일 조잘거려도 하고 싶은 이야기가 산더미처럼 쌓여있다. 헤어지기가 무섭게 또 만나자고 연락하고 싶고, '오후 네 시에 네가 온다면 난 세 시부터 행복해지기 시작할 거야.'라는 어린 왕자의 한 구절처럼 그 사람을 만나러 가는 동안 저절로 가슴이 부풀어 오른다.

'오늘은 무슨 말을 하지? 어떤 이야기가 좋을까?'

아니 굳이 말을 많이 하지 않아도 된다. 듣고만 있어도 아니, 보고만 있어도 그저 좋으니까.

문득 궁금했다. 같은 만남인데 왜 사람마다 이런 차이가 나는 걸까?

'네 무의식은 너한테 에너지를 가져다주는 사람과 빼앗아 가는 사람을 단박에 알아본다.'

베르나르 베르베르의 소설 《잠》에 나온 한 구절이다. 생각해보면 우리는 모두 에너지를 만드는 공장이다. 태어날 때부터 타고난 에너지도 있지만, 학습과 다양한 경험을 통해 에너지를 축적해 나간다. 그리고 누군가와 만나면 눈빛, 표정, 구사하는 어휘나 문장, 에티켓을 통해서 자신만의 에너지를 상대방과 끊임없이 주고받는다. 이때 서로가 내뿜는 에너지는 비슷할 수도, 전혀 다를 수도 있다.

색깔이 다른 건 상관이 없다. 설령 보색이어도 합쳐질 수만 있다면 조화로운 색이 될 수 있으니. 우리가 경계해야 하는 건 지속해서 부정적인 에너지를 만들어내는 사람들이다.

　대표적인 경우는 누군가에게 자신의 가치관을
일방적으로 주입하려는 자들이다.

　"이것 좀 믿어봐." "너 투표 누구 했어?" "그게 아
니라니까 그러네."

　생각이 다른 것을 확인했는데도 끊임없이 제
생각을 강요한다. 각자 다양한 생각을 하며 가치관
이 다를 수 있는데, 그들은 좀처럼 다름을 용납하
지 않는다. 자기 안의 세계에 갇혀서 그게 전부라고
생각한다. 분명 세상의 모든 것은, 그렇게 '이것 아
니면 저것'이라는 식으로 딱 떨어지지 않는데 그들
은 어떻게 모든 걸 100퍼센트 확신하는지 신기할
따름이다. 늘 느끼는 거지만 어설프게 아는 사람들
이 제일 목소리가 크고, 말이 많다.

　두 번째는 남을 함부로 험담하고 다니는 사람
들이다. 그들은 누군가 불행해질 때 행복감이 높아
진다. 아니면 남을 깎아내려야 자신의 위치가 올라
간다고 생각하는 걸까? 매사에 불평불만이 그렇게

많을 수가 없다. 그런 사람들과 같이 이야기하다 보면 잠깐이라도 자리를 비우는 게 부담스럽다. 이 자리에 내가 없으면 얼마나 내 험담을 해댈지 안 봐도 눈에 선하기 때문이다.

마지막은 끝도 없이 우울한 사람들이다. 그들은 언제나 잿빛 시야로 세상을 본다. 물론 사람이 살면서 마냥 행복할 수는 없다. 당연히 누군가 아플 때는 옆에 있어 주고 힘들 때는 힘이 되어줘야 한다. 하지만 문제는 이런 게 습관인 사람들이다.

'그게 되겠어?' '그게 말이 돼?' '힘들 것 같아.'

타고난 본성인지 아니면 학습된 건지, 그들의 결핍과 투정을 계속 듣고 있노라면 한숨은 전염되고 눈물은 동조된다. 금세 기분이 울적해지고 자신감마저 사라진다.

예전에는 누군가와 오래 시간을 보내면 무조건 친구라고 생각했다. 에너지를 주든 뺏든 상관없다고 생각했다. 세월이 빚은 우정이 모든 것을 용서할 수 있다 믿었으니까. 하지만 어느 순간 깨달았다.

'모든 사람과 다 잘 지내려는 건 너무 단순한 생

각이었구나!'

　비즈니스 미팅이라면 어쩔 수 없지만, 사적인 만남까지 굳이 에너지를 뺏어가는 사람을 만날 필요가 있을까? 요즘은 그런 의구심이 많이 든다. 그런 사람들을 만나면 생각보다 후유증이 오래 남으니까. 그러다 보니 습관적으로 남 험담하는 사람, 자신의 가치관을 강요하는 사람, 우울하고 힘든 이야기만 주구장창 늘어놓는 사람과는 점점 거리를 두게 된다.

　현재 업계 탑인 연출 선배 밑에서 조연출을 한적이 있었다. 프로그램하는 내내 너무 호되게 당해서(매번 눈물 쏙 빠지게 혼났다.) 좋은 기억이 있지는 않지만, 그와 함께 일하면서 제대로 배운 게 하나 있다. 그건 자신의 에너지를 효과적으로 관리하는 법이었다.

　그는 쓸데없는 말을 좀처럼 하지 않았다. 촬영 현장에서도, 술자리에서도 마찬가지였다. 한 번은 이런 일이 있었다. 연기자 한 분이 취해서 그 자리에 없는 누군가를 험담하기 시작했다. 분위기는 심각해졌고 다른 사람들도 한 마리씩 거들었다. '뭐라고 말해야 하나.' 눈치 보고 있는데 옆에 앉은 선배는 그저 술만 홀짝홀짝 마셨다.

"이건 너무 하잖아요. 안 그래요? 감독님!"

하지만 모든 사람의 시선이 집중되어도 선배는 절대 입을 열지 않았다. 그러다가 계속 비슷한 이야기가 이어지자 그는 가방을 들고 먼저 자리에서 일어났다. 택시를 잡아주러 뒤따라가는 내게 그는 이렇게 말했다.

"안 그래도 힘든 세상에 굳이 듣기 싫은 이야기 계속 들어야 하나?"

특유의 시니컬한 성격 때문일까? 그는 자기 컨디션을 남에게 맡기는 걸 극도로 싫어했다.

"어렵게 지키고 있는 내 에너지를 왜 남이 가져가게 해?"

그렇게 그는 절레절레 고개를 저었다.

생각해보니 그가 누군가를 험담하는 모습을 단 한 번도 본 적이 없다. 불만이 있으면 당사자에게 직접 이야기를 했지, 비겁하게 뒤에서 이야기하지 않았다. 그럴 시간에 생산적인 다른 일을 하나 더 하는 것이 그의 신조인 듯했다.

어느 날은 촬영하다가 너무 스트레스받는 일이 있어서 그 선배한테 이렇게 토로한 적 있다.

"아니 그 사람 너무 양아치 아니에요? 어떻게 그럴 수 있죠?"

동조를 바라며 물었지만 돌아오는 건 시니컬한 반응이었다.

"너 나 믿어?"

"네?"

"내가 방금 네가 한 그 얘기, 그 사람한테 할지 안 할지 어떻게 알아?"

그러면서 그는 가느다란 눈으로 나를 내려 보았다. 심장이 쿵쾅쿵쾅 뛰었다. 그는 이렇게 덧붙였다.

"어디 가서 누구 험담하지 마. 그게 돌고 돌아서 결국 너한테 돌아가니까!"

정말 그의 말대로였다. 의미 없이 꺼낸 말이 누군가의 입을 통해서 확대 재생산되었고, 그게 또 돌고 돌아서 결국 내 평판이 되었다. 뒷담화는 곧 앞담화가 되었고, 누군가를 향한 손가락질은 곧 내게 쏜 화살이 되어 나를 찔렀다. 그때 깨달았다.

'말이 많으면 반드시 실수하게 되는구나!'

그리고 결심했다. 웬만하면 남의 안 좋은 이야기를 꺼내지 말자고. 그리고 습관처럼 남 씹어대는 사람들과 가깝게 지내지 말자고. 그게 그에게 배운 크나큰 교훈이었다.

살다 보면 어느 순간 에너지 관리가 필요한 시점이 온다. 행운과 불운은 늘 우리 뜻대로 오지 않지만 그래도 다행인 것은 우리는 다양한 사람 중에서 좋은 사람을 가려 만날 수 있다는 것이다. 왜냐? 우리의 무의식은 우리한테 에너지를 가져다주는 사람과 빼앗아 가는 사람을 단박에 알아보니까.

'좋은 사람 곁에는 좋은 사람이 모인다.'

내 곁에 긍정적인 에너지를 주는 사람을 두고 싶듯, 우리도 누군가에게 좋은 에너지를 나눠주는

사람이 되면 어떨까. 방법은 어렵지 않다. 누군가에게 부정적인 에너지를 뿜어내지 않으면 그것만으로도 반은 성공한 거니까. 에너지를 소중히 여기고 또 누군가에게 잘 전달할 수 있다면 그 에너지는 돌고 돌아 결국 환한 불빛이 되어 줄 것이다.

Part 2

당신이 있어
참 좋다

비 오는 날,
어릴 적 우상과 함께

어렸을 때 나는 빨리 토요일이 오기만을 손꼽아 기다렸다. 왜냐면 주말 드라마를 볼 수 있었으니까. 〈그대 그리고 나〉〈젊은이의 양지〉〈첫사랑〉〈아들과 딸〉 정말 주옥같은 명작이 많았지만, 그중에서 나는 최수종이 주인공으로 나오는 〈첫사랑〉을 제일 좋아했다(최고 시청률 65.8퍼센트를 기록한 드라마였다). 우리 가족은 조그만 식탁에 다 같이 둘러앉아 저녁을 먹으면서 〈첫사랑〉을 봤다. 얼마나 엔딩이 감질나던지 일요일 방송이 끝나면 그 후유증 때문에 쉽게 잠이 오지 않았다.

'효경이가 결국 찬혁을 선택할 것인가?'

침대에 누워서 다음 이야기가 어떻게 될지 혼자 그려보곤 했다. 그렇게 온 가족이 함께 모여 주말마다 〈첫사랑〉을 보던 어느 날, 옆에서 훌쩍거리는 소리에 돌아보니 엄마와 아빠가 눈물을 흘리고 있었다. 엄마가 우는 모습은 많이 봤는데 아빠가 우는 건 태어나서 처음 봤다. 내가 쳐다보자 부끄러운지 재빨리 헛기침하면서 옆으로 고개를 돌리셨다.

좀처럼 믿을 수가 없었다. 어릴 때 내가 느낀 아빠는 언제 어디서나 흔들리지 않는 바위 같은 존재였으니까. 순간 내가 잘 못 봤나 싶었다. 하지만 아니었다. 눈가를 훔친 손등에는 분명 반짝이는 무언가가 묻어있었다. 내 마음속으로 따뜻한 바람이 불어왔다. 그때였다.

'나도 나중에 저런 드라마를 만들고 싶다.'

결심 위에 다짐을 올려놓았다. 엄마 아빠의 가슴을 촉촉하게 적셨던 〈첫사랑〉처럼 내가 만든 드라마로 누군가를 울고 웃게 만들고 싶다는, 그런 다짐이었다.

운이 좋게 방송국에 입사했지만, 현실은 생각과는 너무 달랐다. 조연출 생활은 악몽 그 자체였다. 우선 잠을 거의 못 잤다. 하루에 세 시간 이상 자면 숙면이었다. 촬영 있는 날은 아침 여섯 시에 나가서 준비해야 했고, 고된 촬영이 끝나고 집에 가면 새벽 두세 시였다. 항상 잠이 부족하다 보니 청결은 사치였다. 처음에나 일어나서 씻었지, 한두 달 지나니 씻는 것보다 잠이 더 고팠다. 대충 촬영장 근처 공중화장실에서 세수하거나 그것도 없으면 물티슈로 얼굴을 닦는 게 전부였다. 오랜만에 만난 친구는 내 행색을 보고 깜짝 놀랐단다. 커피숍에 노숙자가 한 명 들어오기에 눈살을 찌푸렸는데…. 알고 보니 그게 나였다고.

가뭄에 콩 나듯 촬영이 빨리 끝난 적도 있었는데 그것 또한 골치 아픈 일이었다. 드라마 현장 분위기상 빨리 끝난 날은 습관처럼 술을 먹어야 했다. 술을 못 하는 나로서는 새벽까지 이어지는 술 파티는 지옥과 다름없었다. 머리가 깨질 것 같은데도 억지로 먹어야 했다. 한 번은 살아보겠다고 중간에 도망쳤다가 그다음 날 선배들에게 입에 담기도 힘든 욕을 먹기도 했다. 결국, 일주일에 한두 번은 술집이나 방송국 화장실에서 변기를 끌어안은 채 잠이 들곤 했다. 어느날엔 일어나보니 부재중 전화가 30통이 와있었다. 밤새도록 아들이 연락이 안되니 걱정된 엄마가 경찰에 실종 신고를 한 적도 있었다.

그렇게 1년 반 정도 지났을까? 어느 날 KBS 별관 옥상 난간 끝에서 천천히 아래를 내려다봤는데 순간 이런 생각이 머리를 스쳐 지나갔다.

'여기서 떨어져 죽지만 않으면 잠깐, 아주 잠깐이라도 푹 쉴 수 있지 않을까?'

몸과 마음이 황폐해져서 정상적인 사고가 불가능했다. 며칠이라도 좋으니 아무 생각 없이 누웠으면 좋겠다는 생각뿐이었다. 저 멀리서 맥주잔을 부딪치면서 왁자지껄 떠들고 있는 사람들, 공원에서 손잡고 데이트하는 연인들, 서류 가방을 들고 지나가는 사람들이 모두 행복해 보였다. 내 육신 속에 남아있는 건 피로와 분노, 슬픔뿐인데 저 사람들이 내 행복까지 몽땅 가져가 버린 느낌이었다. 그때 그런 생각이 들었다.

'내가 과연 드라마 연출을 할 수 있을까?'

짧은 시간에 수많은 일을 겪고 나니 여기서 30년 넘게 버틴다는 게 불가능한 일처럼 느껴졌다. 운 좋게 평생의 꿈인 드라마 PD가 됐지만 이건 내가 바라는 삶이 아니었다. 도저히 버틸 수 없을 것 같아서 그 길로 국장님을 찾아가서 타 부서로 보내달라고 얘기했다. 그는 몇 달만 더 버티어보고 그래도 안 되면 보내주겠다고 약속했다. 국장실을 나오는데 수많은 감정이 내 안에서 휘몰아쳤다.

'지금까지 어떻게 살아왔는데…. 그동안 어떻게 버티어 왔는데….'

나에 대해 화가 났고 이렇게밖에 할 수 없는 자신이 너무나 가여웠다. 그날 밤 나는 회사 비상계단에서 앉아 두 팔을 매만지며 하염없이 눈물을 흘렸다.

한 달 후, 눈길을 밟으며 황매산을 열심히 올라갔다. 숨이 턱 끝에 걸릴 정도로 힘들었지만 그래도 속도를 늦추지 않았다. 촬영 현장에 도착하자마자 나는 계속 고개를 돌리며 누군가를 찾았다. 그리고 그 사람과 시선이 딱 마주쳤다. 생각했던 것보다 훨씬 말랐지만, 특유의 분위기 때문인가? 멀리서도 후광이 느껴졌다. 긴장해서 쭈뼛쭈뼛하고 있을 때 그분이 내게 다가오셨다.

"새로운 조연출이라며? 최 PD. 반가워. 앞으로 잘 부탁해."

그가 손을 내밀자 나는 떨리는 손으로 그의 손을 잡았다. 긴장해서 그런지 손바닥에 땀이 흥건했다.

"저야말로 잘 부탁드려요. 최수종 선배님."

그때 나는 〈전우〉라는 6.25 전쟁 드라마에 투입되었는데 최수종 형님이 주인공이었다. 어릴 적 우상이랑 함께 드라마를 만들게 된다니! 정말 믿을 수 없었다. 〈질투〉〈야망의 전설〉〈서울 뚝배기〉등등 형님이 나온 프로그램은 놓치지 않고 다 봤다. 게다가 〈태조 왕건〉 엑스트라 할 때는 일개 병졸로 분장해 멀리서 형님을 지켜봤다. 그런데 이제 이렇게 코앞에서 보게 되다니! 드디어 내가 성공했구나 싶었다.

형님은 정말 프로 중의 프로였다. 매일 같이 포탄이 떨어지고 화약 냄새가 진동하는 현장에서 누구 보다 앞장서서 촬영에 임했다. 다들 지치고 힘들 때는 분위기 좋게 만드는 농담을 던졌고, 식사 시간에는 밥차 앞에 서서 스텝들과 연기자들에게 일일이 반찬을 나눠주셨다. 하지만 정작 본인은 식사를 한 끼도 먹지 않았다. 한 번은 너무 걱정되어서 간식거리를 들고 찾아갔다. 형님은 모랫바닥에 앉아 요플레를 하나 먹고 있었다.

"형님, 이것 좀 드셔 보세요."

"괜찮아. 최 PD." 형님은 웃으면서 손을 저었다.

"오늘 촬영이 새벽까지 이어질 텐데 괜찮으시겠어요?"

"전쟁 중에 살찐 군인이 어디 있어. 그때는 다들 굶주렸을 텐데."

그렇게 형님은 스스로에게는 무서우리만큼 냉혹한 사람이었다.

촬영 강행군이 이어지던 어느 날, 갑작스러운 소나기에 잠시 촬영이 중단되었다. 형님과 나는 우연히 한옥 처마 아래에 나란히 앉게 되었는데 그때 내 표정을 살피던 형님은 이렇게 말씀하셨다.

"최 PD, 많이 힘들지?"

"아, 아니에요."

워낙 포커페이스가 안 되는 얼굴이라 그런지 나도 모르게 속마음을 들키고 말았다. 그때 나는 제작비 초과 문제와 촬영 중에 일어난 산불 문제를 해결하느라 정신이 없는 상태였다. 게다가 여자 친구와는 헤어지기 직전이었고 아빠는 중환자실에 계셨다. 아무래도 이런 불규칙한 생활보다 평범한 회사원으로 지내는 게 여러모로 맞을 것 같다는 생각을 하고 있었다. 처마 밑으로 뚝뚝 떨어진 빗방울이 바닥에 작은 물웅덩이를 만들었다. 그걸 보면서 나는 천천히 입을 열었다.

"제가 이 일을 계속할 수 있을까 고민이에요. 정말 좋아하는 일인데…. 잘 해낼 자신이 없어요. 여러모로 어설프고 또 재능이 있는지도 모르겠고요."

친한 친구에게조차 꺼낸 적 없는 이야기인데 이상하게도 형님에게는 털어놓고 싶었다. 날 찬찬히 살피던 형님은 이렇게 말씀하셨다.

"최 PD, 세상에는 세 부류의 사람이 있어. 첫째는 하고 싶은 일을 해도 되는 사람, 둘째는 해야 할 일을 해야 하는 사람, 마지막으로는 하고 싶지 않은 일을 해야 하는 사람. 만약 여기서 최 PD가 포기한다면 절대 첫 번째 부류의 사람은 될 수 없어. 누군가의 해야 할 일을 대신 하거나, 하고 싶지 않은 일을 억지로 하면서 살게 될 거야. 그러니 도망치지 마. 최 PD는 연출하고 싶어서 온 거지 조연출 하고 싶어서 온 게 아니잖아."

형님은 내 어깨를 두드리면서 말을 이었다.

"재능이 있는지 없는지는 카메라 앞에서 큐를 해본 다음에야 알 수 있는 거야."

최수종 형님의 말은 내 마음 깊숙한 곳에 커다란 돌을 던졌다.

맞는 이야기였다. 지금 힘들다고 도망치면 죽도 밥도 안 될 것이다. 지금 다른 길로 들어서면 평생 뒤를 돌아보며 살 게 분명했다. 고통은 순간이지만 후회는 영원할 것 같았다. 게다가 어떻게 들어온 방송국인데. 1, 2년 힘들다고 꿈을 포기한다는 건 너무나도 비겁한 행동같았다. 무엇보다도 나는 조연출이 아니라 연출을 하고 싶어 들어온 사람이니까.

'그래! 조금만 더 버티어보자! 4, 5년만 버티면 내가 하고 싶은 이야기를 만들 수 있잖아.'

그렇게 생각하며 마음을 다잡았다.

그렇게 몇 달이 지났다. 감정에 점점 굳은살이 생기면서 고통은 점점 무디어졌고, 일에 노하우도 쌓이다보니 혼자만의 시간도 조금씩 챙길 수 있었다. 물론 여전히 수면 부족에 허덕이고 머리가 깨질 것 같은 일들이 산더미였지만…. 이것도 내가 연출을 잘하기 위해서 듣는 수업이라고 바꿔 생각하니 마음이 한결 가벼워졌다.

마지막 방송 2주 전이었다. 제작을 마친 방송용 테이프를 송출부에 넘기고 170번 버스 맨 뒤에 앉아 지친 몸을 달래며 집으로 향하는데 귓가에 익숙한 소리가 들려왔다.

'뭐… 지? 내가 꿈을 꾸는 건가?'

눈을 뜨니 내 앞에 앉은 몇 명의 승객들이 핸드폰으로 DMB를 보고 있었는데 거짓말처럼 화면에 내가 만든 드라마가 나오고 있었다.

'이렇게 인기가 있었나?'

신기해서 그들의 반응을 주의 깊게 살폈다. 웃기는 장면에서는 깔깔 웃기도 하고, 등장인물이 죽는 장면에서는 눈시울을 살짝 붉히기도 했다. 이어폰을 한 쪽씩 낀 연인은 향후 스토리가 어떻게 될지 자기들끼리 열심히 수다를 떨었다.

'에이~ 그거 아니거든요. 이다음에는 이렇게 돼요.' 그들 옆에 앉아서 큐레이터처럼 이런저런 이야기를 재잘거리고 싶은 마음이 굴뚝같았다.

'인서트는 제가 찍었는데…. 어떤가요?'

'저기서 저 대사, 애드리브인 거 아시나요?'

그렇게 속으로 이런저런 이야기를 하며 그들과 같이 드라마를 보았다. 아마 그들로서는 자꾸 고개를 기웃거리는 내가 이상하게 느껴졌을 것이다.

드라마를 함께 보며 형용할 수 없는 감정이 들었다. 사람들이 내가 만든 드라마를 이렇게나 재밌게 봐주다니. 순식간에 피로가 싹 가시고 성취감이 온몸을 휘감았다.

"다음 주에는 수경과 현중이 만날 것 같아?"

"당연하지. 다음 주가 막방이잖아. 아…. 어떻게 될지 궁금하다."

아까 그 연인이 다시 수다를 떨었다. 그때 알았다. 내가 예전에 〈첫사랑〉을 보고 천장 위에 다음 이야기를 그렸듯이 〈전우〉를 보기 위해 일주일을 기다리는 사람이 있다는 것을. 그리고 나는 이미 내가 꿈꿨던 그곳에 들어와 있다는 것을.

드라마 종방연 때 국장이 앞으로 어떻게 할 거냐고 물었다. 나는 드라마국에 남겠다고 했다.

10년이 지난 지금, 나는 아직도 '드라마'라는 꿈속에 살고 있다. 여전히 어설프고 또 부족한 점 투성이지만. 그래도 언젠가는 누군가의 '인생 드라마'를 만들고 싶다는 희망을 품고 하루하루 앞으로 나아가고 있다. 가끔 그런 생각을 해본다.

'만약 그때 포기했으면 어땠을까?'

아마 먹고살기 위해서 곧 다른 일을 찾았겠지만, 힘들 때나 지칠 때마다 평생 도망치면서 살았을게 분명하다. 부딪쳐보기도 전에 지레 겁을 먹고 돌아가는 게 일상이었을 테고.

그날 처마 아래 나란히 앉아 뚝뚝 떨어지는 빗방울을 보며 나눴던 형님의 그 한마디가 나를 붙잡았다. 어찌 보면 그때 내린 소나기가 내겐 푸른빛의 동아줄이었을지도 모르겠다. 그날 이후로 나는 '언어의 온도'가 가진 절대적 힘을 믿게 되었다.

아직도 명절 때마다 최수종 형님께 안부 인사를 드린다. 그러면 이런 메시지가 온다.

> 늘 감사하고 고맙습니다^^
> 사랑합니다♥

누군가를 생각할 때 미소가 지어진다면 그건 바로 그 사람을 존경하거나 사랑하는 것이 아닐까 생각해본다. 그러고 보면 어릴 적 우상이 멘토가 되었다는 것, 그것 하나만으로도 내 삶은 나쁘지 않은 것 같다.

악의 없는 실수에
관대해지기

　　예전에 아내랑 이마트 트레이더스에 갔을 때 일이다. 늘 그렇듯 나는 봇짐장수가 되어서 아내 뒤를 줄레줄레 따라갔다. 소설《메밀꽃 필 무렵》에 나오는 허 생원은 품삯이라도 받지, 나는 아무리 카트를 밀어도 땡전 한 푼 떨어지는 게 없다. 예전에는 카트에 넣는 100원이라도 몰래 챙길 수 있는데 요즘에는 그런 것도 없다. 속상하다. 암튼 하나둘씩 쌓여가는 카트를 밀면서 청도 우시장 소처럼 음메 음메 울다 보면 내가 제일 좋아하는 과일 코너가 나온다.

'와~ 대박!' 속으로 유레카를 외친다. 석류가 무려 30퍼센트나 세일 중이다. 이스라엘 사람들은 얼마나 좋을까? 이렇게 맛있는 석류가 지천으로 깔렸으니. 누가 내게 만약 내일 세상이 종말 한다면 뭘 하겠냐고 물으면, 당당히 한 그루의 '석류나무'를 심겠노라고 답하리라.

행사 카드를 확인한 다음 아내를 부르려고 뒤를 돌아보니 이 사람은 어디 가고 없다. 이상하다. 분명 조금 전까지 여기 있었는데. 카트를 밀며 이리저리 둘러보는데 그리 멀지 않은 곳에서 검은 패딩 입은 아내가 레몬 한 봉지를 들고 있었다.

'저 많은 걸 다 사려고 하나? 한 봉지에 족히 스무 개는 들어있는데.'

장난기 많은 나는 그녀에게 빠짝 다가갔다.

"그 많은 걸 다 먹으려고? 돼지야!"

냉소가 섞인 말투로 짓궂게 말했다. 아내랑 나는 늘 그렇게 서로 장난치곤 했으니까(참고로 아내는 마른 체형이다). 순간 멈칫한 그녀가 천천히 내게 고개를 돌리는데….

이런…. 아내가 아니다. 처음 보는 여자분이었다. 그녀는 눈을 치켜뜬 채 황당하다는 표정으로 나를 바라봤다. 그때 정말 시간이 얼어붙는다는 게 뭔지 알 수 있었다.

"앗. 죄송해요."

너무 당황해서 연신 고개를 조아리며 도망치듯 그 자리에서 빠져나왔다. 알고 보니 아내는 이미 다른 코너로 간 후였다. 아내는 내 이야기를 듣고 깔깔 웃었다.

"왜 그랬어?"

"그러게 말이야." 빨개진 볼에 두 손을 올리며 나는 절레절레 고개를 저었다.

그때 그분은 얼마나 황당했을까? 그저 맛있어 보여서 레몬 한 봉지 집었을 뿐인데. 이상한 놈이 와서 '돼지'냐고 시비 걸었으니까. 아마 별 미친놈 다 있겠다 싶었을 게다. 실은 그분이 조금만 늦게 고개를 돌렸다면 '보기만 해도 신물 난다!'라는 드립까지 칠뻔했다. 진짜 레몬으로 귀싸대기를 맞지 않은 게 다행일지도.

암튼 다시 한번 그분에게 심심한 사과의 말씀 전한다. 근데 나로서는 억울한 게 뒤에서 보면 누가 봐도 아내였다. 키도 비슷했고 머리 스타일, 패딩 메이커까지 똑같았으니.

살다 보면 이런 식으로 실수를 할 때가 많다. 나처럼 헷갈려서 실수하기도 하고, 의도치 않은 행동으로 누군가에게 웃음을 줄 수도 있다. 평생 실수를 하지 않는 사람이 있을까? 적게 하든 많이 하든 정도의 차이는 있겠지만. 아마 4대 성인들도 제자들에게 소싯적에 자기가 했던 실수를 이야기하면서 껄껄 웃었을지 모른다.

또 하나의 썰을 더 풀자면 예전에 아빠가 돌아가셨을 때 일이다. 형과 나는 침통한 채로 빈소를 지키고 있었다. 처음 상주가 되어서일까? 안 그래도 마음이 미어지는데 절차는 또 왜 이리 복잡한지, 절하랴 손님 맞으랴 정말 정신이 하나도 없었다. 사흘 동안 밥도 제대로 못 먹고 잠도 거의 못 자 병든 화초처럼 시름시름 앓아갈 때 회사 동기 형이 나타

났다. 고마웠다. 바쁜 와중에 이렇게 찾아줘서. 그런데 빈소에 들어온 형의 얼굴이 왠지 불안해 보였다. 뭐랄까? 이런 곳을 처음 와본 사람처럼 당황한 기색이 역력했다. 안 그래도 동기 사이에서 순박한 거로 유명한 형인데….

"어, 어떻게 하면 되는 거지?"

순간 형이 외국에서 오래 살았나 싶었다. 아니, 뭐. 익숙지 않으면 그럴 수도 있는 거지.

"제단 위에 국화꽃을 올리거나 향초를 태우면 돼요." 나는 그렇게 속삭였다.

그러자 형은 단지에서 국화꽃을 하나 빼더니 제단으로 성큼성큼 걸어왔다. 그 모습을 엄숙하게 지켜보며 맞절할 준비를 하고 있는데, 순간 이상한 냄새가 나서 올려다보니 글쎄, 동기 형이 국화꽃을 향초에 대고 있는 게 아닌가!

"아니… 형 그게…"

고개를 절레절레 돌리자 동기 형은 뒤늦게 그게 아니란 걸 알고 국화꽃을 꺼내 입으로 호호 불었다. 반쯤 타다만 국화꽃이 손에 닿았는지 저글링

하던 형은 "아, 뜨거워."하면서 저도 모르게 제단으로 던져버렸다.

헉!

그 모습을 보는데 정말 미치는 줄 알았다. 웃을 수도 없고 울 수도 없고. 친형과 나는 눈을 감고 입술을 질끈 씹은 채 흐느끼듯이 웃음을 참았다. 진짜 고문이 따로 없었다.

'아빠 정말 죄송해요. 하지만 웃긴 건 어쩔 수 없잖아요.'

동기 형은 미안하다며 연신 사과했다. 나는 괜찮다고 말했다. 더 솔직히 말하자면 오히려 고마웠다. 근 일주일 만에 웃은 건 처음이었으니까. 먹구름이 가득하고 빗방울이 첨벙거리던 구멍 난 가슴에 작은 빛줄기가 하나 내려온 것 같았으니까.

그 사건 이후, 나와 친형은 생기를 되찾았다. 잠깐 웃었을 뿐인데 이렇게 달라질 수 있다니 사람 마음이란 게 참 얄팍하다. 이래서 힘들 때 사람들이 예능을 보는 건가 싶기도 했다.

코로나 시국을 건너며 사람들의 분위기가 많이

달라졌음을 느낀다. 만나서 이야기할 때도 '혹시 실수하는 건 아니겠지?' 계속 확인하게 된다. 그 많았던 코미디 프로그램도 어느 순간부터 재미를 잃어버렸다. 누군가 작은 실수라도 할라치면 집단 린치는 기본이고, 그 일과 관련 없는 과거의 흑역사까지 방출되어버리니까 다들 알아서 몸을 사리는 느낌이다.

가끔 누워서 잠을 청할 때 옛날 내가 했던 실수들을 생각해본다. 예전에는 '그때 왜 그랬을까?' 생각하며 이불을 걷어찼다면 요즘은 '어휴~ 진짜 큰일 날 뻔했네.' 간담이 서늘할 때가 많다. 만약 그때 레몬 그분이 고소라도 했다면 나는 유치장에 갇힌 채 취객들이 풍기는 술 냄새를 맡고 있었을지도 모른다. 물론 조심해야 하는 건 안다. 의도치 않은 행동이라도 누군가에게 상처가 될 수 있으니까. 하지만 언제까지 이렇게 움추리며 살아야 하나 생각하면 그저 답답할 뿐이다.

악의를 담은 큰 실수가 아니라면 한 번은 용서해줘도 되지 않을까? 누군가 가벼운 실수를 했을 때 '앞으로는 그러지 마.'라며 웃어줄 수는 없을까?

완벽한 사람은 없으니까. 실수가 없는 인간은 더는 인간이 아닐테니 말이다.

가끔 누군가의 마음속으로 들어가 산책하고 싶을 때가 있다. 시답지도 않은 이야기에 껄껄 웃으며 핀잔을 주거나 썰렁한 농담으로 맞받아치는, 누구도 '불편하지 않은' 대화를 나누고 싶을 때가 많다. 나도 누군가에게 그런 오솔길을 내어줄 준비가 되었나 질문을 던져본다. 누군가 지친 사람이 와서 앉아 쉴 수 있는 자리, 따뜻한 햇볕이 닿는 곳에 작은 등나무 의자 갖다 놓고, 혹여 누가 실수로 꽃 한 송이 꺾을지라도 살랑이는 바람으로 나그네의 땀방울을 말려주는…. 나는 그런 오솔길이 되고 싶다.

부부라는 이름으로

우리 집에는 TV가 없다. 다들 놀란다. 드라마 PD 집에 TV가 없다고? 처음부터 없었던 건 아니다. 2년 전 여름이었나? 딸이 청소를 도와준다고 TV에 물걸레질을 하는 바람에 액정이 고장 나버렸다. TV에 물이 들어간 걸 알아채자마자 재빨리 햇볕에 꺼내놓고 드라이기까지 동원해 정성스럽게 말렸다. 다음날 조심스레 전원을 켜봤는데 다행히 정상적으로 나오…… 기는 개뿔! 화면 가운데를 기준으로 좌우가 똑같은 '데칼코마니'가 되어 버렸다.

혼수로 산 TV인데…. 우리 집에서 그나마 제일

값나가는 건데…. 정말 눈물이 앞을 가렸다. 뒤늦게 액정을 손바닥으로 두드려보기도 하고, 끌어안고 끓어오르는 체온으로 기화도 시켜봤지만, 화면은 여전히 그대로였다. 괜히 더 건드리는 바람에 오디오까지 망가져 버렸다. 안 되겠다 싶어 새로 TV를 사러 일어나는데 옆에서 아내가 내 어깨에 손을 얹었다.

"자기야. 이왕 이렇게 된 거 TV 없는 집을 한번 만들어보면 어때?"

그녀의 눈빛은 사뭇 비장했다. 침을 꿀꺽 삼켰다. 아찔했다. 드디어 올 것이 왔구나 싶었으니까.

아내는 미니멀리스트다. 가끔 우리 집에 놀러 온 친구들은 깜짝 놀란다. 그 흔한 소파 하나, 화장대조차 없다. 벽에는 아무것도 걸리지 않았고 결혼사진조차 바닥에 비스듬히 놓여있다. 아마 모델하우스도 우리 집보다는 살림이 많을 거다. 우여곡절 끝에 TV 받침대는 살 수 있었지만, 소파는 12년째 결재 반려 중이다. 좁은 거실에 무슨 소파냐며 아내는 B사감처럼 콧등에 걸친 안경을 올리며 단호하게 고개를 내젓는다.

"차라리 그냥 움막에 들어가서 살자. 고인돌 하나 짓고."

"그게 무슨 목구멍에 햄스트링 걸리는 소리야?"

아내는 듣던 중 하찮은 소리라며 내 말을 무시했다.

스무 살에 만나서 10년이나 연애했으면서 아내가 이런 사람이란 걸 몰랐다. 사귀는 내내 우리는 너무나 잘 맞았다. 사소한 말다툼도 1년에 한두 번 할까 말까였으니까. 하지만 결혼해서 같이 산다는 건 연애와는 완전히 다른 얘기였다. 우리는 오래 사귄 시간이 무색하게도 신혼 초부터 사사건건 부딪쳤다. 나는 아내가 그렇게 깔끔한 사람인지도 몰랐다. 청소와 설거지를 좋아하는 건 익히 알고 있었지만 바닥에 떨어진 머리카락 한 올 못 견디는 성격인지는 10년 만에 처음 알았다. 우리 집의 모든 옷은 옷 가게처럼 깨끗하게 정돈되어야 했고, 음식을 먹고 소화도 되기 전에 설거지를 해야 했다.

"미안한데 이제 앉아서 하면 안 될까?"

어느 날 아내가 내게 말했다. 남자가 서서 소변을 볼 때 아무리 조준을 잘 한다고 하더라도 미세 입자가 사방에 튄단다. 미관상 좋지 않을 뿐더러 세균도 엄청나게 증식한다며 아내는 열변을 토했다.

"그건 좀 그렇다." 나는 철벽 방어를 쳤다. 평생 이렇게 살아왔는데 한순간에 바꾸라고? 게다가 앉아서 소변을 보는 건 생각만으로도 이상했다. 뭐랄까? 남성성이 거세당하는 느낌이랄까? 파리넬리처럼 고음으로 나는 'NO!'를 외쳤다.

"앞으로 볼일 볼 때 뒤처리 잘할게."

"맨날 말로만! 자기뿐만 아니라 다른 가족을 위해서 좀 바꾸라는 건데 그게 그렇게 힘들어? 다른 집 남편들은 다 그렇게 한다던데." 아내는 허리춤에 손을 올리며 말했다.

또 필살기가 들어갔다. 그놈의 '다른 집 남편' 그나마 이건 들어줄 만했다. 보통 명사니까. 구체적이지 않아서 괜찮다. 하지만 곧 'OO 집 아빠'가 나오자 내 안에 남아있는 반항심이 꼿꼿이 고개를 들었다.

"싫어. 이건 남자로서 내 최후의 보루야. 더는 강요하지 마!"

한 가정의 가장으로서 아내에게 단호하게 선을 그었다. 하지만 다음 날 나는 변기 위에 다소곳이 앉아 있었다. 아내가 온종일 나를 들들 볶았댔으니까. 서서 볼일을 볼라치면 저승사자처럼 뒤에서 보고 있는 통에 깜짝 놀라 저절로 주저앉은 게 한두 번이 아니었다.

"알겠어. 알겠다고!"

포기했다. 열 번 찍어 안 넘어가는 나무 없듯, 아내의 집요함 속에 나는 두 손 들고 말았다.

한 번은 이런 일도 있었다. 나는 과일 중에서 석류를 제일 좋아한다. 아무리 봐도 내가 미녀는 아닌데, 암튼 어쩌다 보니 좋아하게 되었다. 그날도 식탁에 앉아서 야금야금 먹고 있었는데 이런, 너무 세게 깨물었나? 하얀 벽지에 석류즙이 후드득 튀고 말았다.

'아~ 죽었다! 아내가 엄청나게 아끼는 벽지인데.'

서둘러 물수건으로 닦았지만 지워지기는커녕 더 번지고 말았다. 벽에다가 영화 포스터라도 붙여야 하나? 아니면 구멍을 뚫어야 하나? 완전범죄를 위해 머리를 싸매고 있을 때 쾅! 문을 열고 아내가 안방에서 나왔다. 그때 날 쳐다보던 아내의 눈빛을 잊을 수 없다. 장산범이 있다면 분명 그 모습일 것이다. 그날 나는 아내에게 탈탈 털렸다.

"앞으로 집에서 석류 먹지 마!" 아내는 석류 봉쇄령을 내렸다.

그로부터 한 달 정도 지났을까. 그날따라 석류가 너무 먹고 싶었다. 그래서 아내가 외출한 틈을 타서 마트에서 석류를 사 왔다. '어디서 먹어야 완전범죄가 성립될까?' 하며 주위를 둘러보는데 사방이 다 벽지였다. 조금이라도 튈 시에는 팬티 바람으로 쫓겨날 게 분명했다. 먹고는 싶은데 어떡하지? 그때 떠오른 좋은 생각. '아하! 우리 집에 벽지 없는 곳이 있구나'

잠시 후 나는 속옷만 입고 화장실 욕조 안에 들어가 있었다. 행여 다른 곳에 튈까 봐 석류를 검은 비닐 안에 넣고 다람쥐처럼 조금씩 은밀하게 파먹었다. 오랜만에 먹어서 그런가. 동남아 휴양지에 와있는 기분도 나고(비록 욕조에 쭈그리고 있지만) 진짜 꿀맛, 아니 석류 맛이었다. 그렇게 눈을 감고 입에서 톡톡 터지는 과즙을 음미하고 있을 때 갑자기 벌컥! 화장실 문이 열렸다. 아내였다. 그녀는 눈을 동그랗게 뜬 채 날 내려다보았다. 나는 깜짝 놀라서 그대로 멈췄고 아내도 밀랍인형처럼 미동도 하지 않았다. 그렇게 우리는 5초 정도 아무 말 없이 서로를 바라봤다. 잘못한 것도 없는데 심장이 벌렁벌렁거렸다. 아내는 코 평수가 점점 늘어나더니 폭소를 터트렸다.

　　아내의 말을 빌리자면 이랬다. 화장실에서 찍찍 소리(?)가 들리기에 처음에는 쥐인가 싶었단다. 그래서 문을 여니 '남편'이란 놈이 검은 비닐 안에 코를 박고 뭔가를 킁킁거리고 있어서 순간, 본드나 마약을 하는 줄 알았다는 거다. 그러다가 내 입가에

흐르는 석류즙을 보고 마음이 놓이면서 너무 웃겼다는 거다. 뭐라더라? 반지의 제왕에 나오는 '골룸' 같았단다. 마이 프레셔스, 골룸골룸. 그렇게 놀리면서 아내는 깔깔 웃었다. 그 이야기를 듣자 수치심이 스멀스멀 올라왔다. 석류 하나 먹겠다고 속옷만 입고 욕조에 들어가는 신세라니.

아내는 이런 내가 안쓰럽고 또 귀엽다며 '석류봉쇄령'을 풀어주었다. 대신 벽지에 튀지 않도록 앞으로는 자기가 잘라주겠다고 했다. 고맙다고 말하며 나는 뒤돌아서서 차오르는 눈물을 닦았다. 드라마 현장에서는 그래도 명색이 감독인데…. 집에만 오면 왜 이렇게 작아지는 걸까?

"왜 답이 없어? TV 없이도 살 수 있잖아. 안 그래?"

그렇게 8년을 참고 살았는데 아내는 이제 'TV 없는 집'을 만들어보자고 한다.

"싫어. 드라마 만드는 사람이 TV 안 보면 어떻게 하라고?"

나는 길길이 날뛰었다. 당시 일곱 살 먹은 내 딸도 인생 처음으로 엄마한테 턱을 들이밀었다. 하지만 아내는 거대한 벽이었다. 그녀는 냉탕과 온탕을 오가며 집요하게 우리를 설득했고 마지못해 우리는 고개를 끄덕이게 되었다. 늘 그렇듯이.

그렇게 TV 없는 삶이 한 달 두 달이 되고, 또 1년이 지나 결국 2년째가 되었다. 신기한 게, 없으면 없는 대로 살게 되더라. 처음에는 불편했는데 점점 괜찮아졌다. 의미 없이 바닥에 누워 배 긁으며 TV 보는 시간에 나는 책을 읽고 글을 쓰게 되었다. 딸이랑 같이 그림 그리고 동네 산책하는 시간도 늘었다. 무엇보다 가장 좋은 건 가족들이 서로 이야기하는 시간이 늘어났다는 점이다. TV 있을 때랑 비교하면 거의 두 배 이상 대화가 늘었다.

결혼 10년 차인 지금, 지난 세월을 돌이켜보면 내가 너무 아내에 맞춰 살아온 게 아닌가, 싶을 때가 많다. 처음부터 '남편 길들이기' 제대로 당해서 그녀가 원하는 대로 맞춤형 서비스를 하고 있다는 생각에 억울할 때도 많다.

'아내는 남편 잘 만났지. 나 아니면 누가 이러고 살겠어?'

스스로 그렇게 생각하며 어깨를 토닥이곤 했다.

며칠 전, 딸이랑 손잡고 안양천을 한 바퀴 도는데 갑자기 이 녀석 하는 말.

"아빠~ 아빠는 엄마한테 잘해야 해."

"엉? 왜?"

"저번에 엄마랑 옷 사러 갔거든. 근데 자기 옷 사야 한다고 갔으면서 정작 엄마 옷은 보지도 않고 아빠 옷만 사더라."

생각해보면 새 옷 입은 아내를 별로 본 적이 없다. 기억 속에 아내는 늘 같은 색 옷을 입고 있었다. 정작 나와 딸 입을 옷은 꼬박꼬박 챙기면서. 그날 집에 가서 아내에게 말했다.

"자기 백화점 가서 좋은 옷 좀 사. 우리 그 정도는 살 수 있잖아."

"내가 알아서 할게."

"내가 사줄까?"

"됐네요. 내 취향도 모르면서. 마음에 드는 옷이 없어서 그래."

그렇게 말하면서 아내는 빨래를 개었다. 그런 그녀를 보고 있는데 순간 코끝이 찡해진다. 문득 예전 생각이 났다. 20년 전 대학교 OT에서 처음 만났을 때의 아내는 그 누구보다 예쁘고 화사한 사람이었다. 쇼핑몰 구경하는 걸 즐겼고 이것저것 꾸미는 걸 좋아했는데⋯. 지금은 다소 늘어난 셔츠를 입고 대충 머리만 묶은 채 집안일을 돌보고 있다.

생각해보면 아내는 나와 살면서 많은 걸 희생해야 했다. 학교 다닐 때의 아내는 굉장히 똑똑하고 재주 많은 사람이었다. 회사도 나보다 더 좋은 곳에 들어갔다. 하지만 결혼하자마자 딸이 태어나고, '독박 육아'를 해야 하는 상황이 닥치자 어쩔 수 없이 잘 다니던 직장을 포기했다. 드라마 촬영하느라 내가 집에 제대로 못 들어와도 아내는 묵묵히 혼자서 딸을 키우고 모든 살림을 도맡아서 처리했다. 매일 따뜻한 밥을 먹고, 뽀송뽀송한 옷을 입을 수 있는 건 순전히 아내가 있어서 가능한 일이었다. 그런데도 나에게 '너 때문에 내가 이렇게 되었다' 불평 한마디 하지 않았다.

'왜 내가 아내한테 맞추며 산다 생각했지? 우리를 위해 자신의 꿈을 포기한 건 정작 아내인데….'

멈추고 돌아보니 비로소 내 곁에 있는 아내가 다르게 느껴진다.

그동안 나는 경주마처럼 살았다. 내가 가는 길이 곧 가족을 위한 삶이라 포장하며 다소 이기적으로 살았다. 하지만 분명한 건 아내 없이는 불가능한 길이었다는 것이다.

"자기 오늘 뭐 먹고 싶은 거 없어?" 설거지하는 아내를 뒤에서 끌어안는다.

"이 양반이 갑자기 왜 이래?"

"뭘 먹을지 말해줘야 내가 예약하지?"

"자기는 뭘 먹고 싶은데…."

아내는 늘 이런 식이다. 언제부터 습관적으로 남편이 먹고 싶은 거, 딸이 먹고 싶은 걸 먹는다. 자기 취향을 잃어버린 지 오래다.

내 나이 마흔 살, 같이 산 지 20년, 아내와 나는 말 그대로 반평생을 함께 해왔다. 앞으로는 따로 산 날보다 같이 산 날들이 더 많아진다.

"오늘은 자기가 골라! 무조건. 알겠지?"

그렇게 말하자 아내는 생각하느라 눈동자를 왼쪽으로 돌린다. 20년 전 새내기 때 처음 봤던 그때 그 눈빛이다. 비록 조금 나이 들고 조금 더 억척스러워졌지만…. 그래도 그때 그 시절보다 지금의 아내가 더 아름답다.

우리 집에는 TV가 없다. 또 '아내'와 '엄마'란 이름에 가려 찬란했던 그녀의 색도 조금 바래졌다. 이제는 그런 아내를 위해 내가 '화면조정'을 할 시간이다.

아파트 동대표

전기밥솥 위로 새하얀 김이 모락모락 피어오른다. 엄마는 주걱으로 한 번 뒤집은 다음 밥그릇에 밥을 옮겨 담는다. 어느 정도 채워진 것 같은데도 그 위에 또 담는다.

"엄마, 너무 많아요."

"사내자식이 이게 뭐가 많다고."

"요즘 소식이 트렌드라고요. 소식!"

"다들 그래서 얼굴에 핏기가 하나도 없는 거지."

그러면서 엄마는 주걱으로 밥을 꾹꾹 눌러 담는다. 작게 한숨을 내쉬었지만 어쩔 수 없다.

어렸을 때부터 엄마는 우리 집의 '절대권력'이었다. 아빠는 매우 조용한 성격이셨기에(하루에 몇 마디 안 하셨다.) 우리 집의 빈 오디오의 팔 할을 엄마가 채우셨다. 그것도 아주 카리스마 있게. 덕분에 나는 사춘기를 '질풍노도'가 아닌 '질풍효도'로 보냈다. 관우에게 '청룡언월도'가 있다면 엄마 곁에는 무지막지한 '부지깽이'가 있었기에 우리 형제는 늘 불판 위에 오징어처럼 쭈그러든 채 어린 시절을 보냈다.

형은 엄마의 학창 시절 사진을 보고는 분명 '일진'이었을 거라고 추측했다. 심히 공감 가는 게 사진을 보면 여학생들이 일렬로 늘어선 가운데 맨 앞에 선 엄마가 깻잎 머리를 한 채 카메라를 향해 미간을 찌푸리고 있었다. 결정적인 건 사진 아래 적힌 '파초 클럽'이라는 손글씨였다. 아무리 봐도 불량서클 같았다. 엄마에게 솔직히 말해보라며 추궁하니 무슨 소리냐며 당신이 학교에서 얼마나 공부를 잘했는지 아냐며 강호동처럼 포효하셨다. 나중에 이모에게 물어보니 맘 약한 이모는 대답 대신 엄마 눈치를 보며 눈가를 바들바들 떨으셨다.

"아들~ 엄마 이번에 동대표 되었어."

"엥? 무슨 동대표?"

"아파트 동대표."

"엥? 엄마가?"

깜짝 놀라 입안에 든 밥알이 밖으로 튀어나왔다.

나중에 들은 바로는 지금 엄마가 사는 아파트에 비리나 횡령 같은 각종 의혹이 불거져서 주민들추천으로 엄마가 총대를 메게 된 거란다.

"엄마가 꼭 해야 해요? 다른 사람도 많은데."

"이 녀석 보소. 엄마 못 믿어?"

"아니 그게 아니라…."

솔직히 너무나 걱정되었다. 실은 엄마는 몸이좋지 않으시다. 뇌 쪽에 혹이 크게 있는데 몇 년 동안 신경을 누르고 있었다. 몇 달 전에는 엄마가 쓰러졌다는 연락을 받고 잠자리에 누웠다가 힐레벌떡세브란스 병원에 달려간 적도 있다. 그때 하얗게 질린 엄마의 얼굴을 보고 어찌나 놀랐던지. 그래서 몸도 성치 않으신 분이 괜히 머리 아픈 일을 하다가건강이 더 악화되는 건 아닌지 심히 우려스러웠다.

"괜찮겠어요? 진짜?"

"아들. 알아서 할게. 나 잘할 수 있어!"

엄마는 다부진 목소리로 내 어깨를 두드리셨다. 그녀의 고집은 '최' 씨인 나보다 더 질기기에 어쩔 수 없다. 제발 조심하라는 말로 갈음할 수밖에….

생각해보면 예전부터 엄마의 고집은 남다르셨다. 음식부터 이야기하자면 우리 집 식단은 '자연식' 그 자체였다. 평생 미원, 다시다 같은 조미료는 주방에서 본 적이 없다. 음식에 넣는 소금도 다른 집의 반의반 수준이다. 수영장에 가면 나만 물에 뜨지 않았는데 아마 남들보다 체내 염도가 낮아서 그런 건가 싶을 정도였다.

도시락도 마찬가지였다. 친구들은 소시지, 돈가스, 참치통조림 같은 것을 싸오는데 내 도시락에는 고사리, 도라지, 물미역 천지였다. 물론 가끔 산적이나 고기 같은 것도 싸주셨지만 어찌나 간이 삼삼한지 실력 있는 수의사라면 충분히 살릴 수도 있을 정도였다.

그러다 보니 친구들끼리 둥글게 모여 앉아 도시락을 먹을 때 내 반찬통에는 그 누구의 젓가락도 쉽게 닿지 않았다. 마치 DMZ(비무장지대)라도 되는 듯 누구의 침략도 간섭도 없이 도라지와 고사리는 그대로 남았다(형은 하굣길에 몰래 버리다가 들켜서 엄마표 '부지깽이'로 정성스런 물리치료를 당하기도 했다). 참다못한 나는 어느 날 엄마한테 고개를 빳빳이 들고 이렇게 말했다.

"엄마. 나도 친구들처럼 소시지랑 게맛살 같은 맛있는 음식 먹고 싶어요!"

막내인 내가 거의 울다시피 말하자 엄마는 속상하셨는지 알겠다 하시며 고개를 끄덕이셨다. 다음 날 웰시코기처럼 엉덩이를 흔들며 학교에 뛰어간 나는 점심시간이 되자 자신 있게 도시락을 열었는데 이런. 알록달록 예쁘게 모양낸 연근과 우엉이 잔뜩 들어있었다. DMZ는 더 확장되었다. 엄마는 그만큼 고집있고 한결같은 사람이었다.

중2 때였다. 1학기 기말고사쯤 되자 담임이 내게 엄마를 학교에 모시고 오라고 했다.

"왜?" 엄마가 의아해하셨다.

"글쎄. 나도 잘 모르겠어요. 사고 친 적도 없고 성적도 떨어지지 않았는데…."

알고 보니 담임은 엄마에게 촌지를 요구했다. 다른 친구 어머니들은 몇 번이고 들렀는데 정작 반장 엄마는 왜 한 번도 안 찾아오냐며 대놓고 봉투가 필요하다고 말했단다. 명목은 학급 발전비용과 체육발전 기금이었다(그때 담임은 체육 선생이었다).

"그래서 줬어요?"

"아니. 내가 왜?" 엄마는 고개를 가로저으셨다.

"결국, 자기 주머니에 들어갈 걸 아는데 뭐 하러? 아주 악질이네."

그러면서 엄마는 혀를 끌끌 차셨다. 지금까지 지켜본 엄마는 불의를 보면 절대 참지 않으셨다. '깻잎 머리'가 '파마머리'로 바뀐 지 오래지만. 아직도 일진 본능이 남으셔서 그런지, 아무리 상대가 돈이 많거나 지위가 높다 해도 부도덕한 인간 앞에서는 절대 무릎을 꿇지도 타협하지도 않으셨다. 나는 그런 엄마가 자랑스러웠다.

"잘했어요. 엄마. 나도 제일 싫어하는 선생이에요."

"근데 괜찮겠어? 너 괜히 찍히는 거 아니야?"

"에이. 괜찮아요." 솔직히 걱정은 되었지만 그래도 괜찮다고 했다.

수학여행 때도 엄마는 선생님 도시락을 따로 챙겨주지 않았다. 그딴 선생에게는 도시락 싸는 것도 아깝다고 하시면서 내 도시락만 챙겨주셨다(당연히 고사리와 우엉 잔뜩 들어있는 DMZ 김밥이었지만). 덕분에(?) 내 체육 점수는 형편없었다. 잘하지는 못했지만 그래도 평균은 되는데 2년 내내 최하점을 받았다(악연일까? 그는 3학년 때도 체육 담당이었다). 예를 들어 공 트래핑 스무 개 만점에서 열일곱 개를 했는데도 결과표에는 여섯 개만 표시되어 있었다.

"선생님! 저 열일곱 개 했잖아요!"

"야! 똑바로 했어야지. 자세 이상한 건 다 뺐어!"

이런 식으로 그는 내게 쪼잔하게 복수했다. 어리고 힘든 마음에 촌지를 줘야 하나 싶기도 했다. 이러다가 과학고나 외고에 못 갈 수도 있겠다 싶었으니까. 말도 안 되는 내 점수를 보면서 엄마도 분명 갈등하셨을 거다. 그래도.

"세상 사람들 다 나쁜 짓해도 우리까지 그러면 안 돼. 아닌 건 아닌 거야!"

엄마는 그렇게 말씀하셨다. 그때 굳게 다문 당신의 입술과 표정이 아직도 기억에 생생하다.

결국, 체력장에서 전교 최하점을 받은 나는 내신 1등급임에도 불구하고 원하는 고등학교에 진학하지 못했다. 당시에는 엄청 화가 나고 짜증도 났지만. 돌이켜보면 잘한 선택인 것 같다. 왜냐면 아닌 건 아닌 거니까!

그때 그 사건 이후로 엄마의 가치관은 나의 가치관이 되었다. 직업이 직업이다 보니 유혹 앞에 서게 될 때가 많다. 그때마다 불의不義 앞에 늘 고민하게 된다. 이쪽으로 가면 훨씬 더 편하게 갈 수 있는데…. 아무도 모를 텐데…. 대충 눈 감자. 좋은 게 좋은 거 아니겠어? 이런 생각에 사로잡힌 적도 많다. 하지만 그럴 때마다 나는 엄마를 생각하곤 한다. 엄마라면 분명 안 그러실 테니까. 내가 딸에게 줄 수 있는 건 지식도 아니고 돈도 아니다. 살면서 이런저런 실수는 엄청 많이 했지만 그래도 부끄러운 일을 한 적은 없는 것 같다. 부디 엄마에게 물려받은 이 마음이 우리 딸에게도 고스란히 전달되었으면 좋겠다.

물론 '정직하게 살면 손해 보고 산다!'라는 명제를 뼈저리게 느낀 적도 많다. 남들보다 조금 더 둘러 가게 되고 조직에서 소외당한 적도 있다. 융통성 없다고 손가락질받는 건 일상다반사다. 딸이 아빠처럼 가난하고 또 미련하게 살기를 바라지는 않지만 그래도 이렇게 살면 '마음 하나는 편하게 살 수 있다!'라고 말해주고 싶다. 안 그래도 신경 쓸 거 투성인 세상, 마음에 무거운 짐까지 달고 살면 얼마나 불편하고 또 힘든 일이겠는가.

양심의 때는 칼로 긁어낸다고 절대 떼지는 게 아니더라. 빨아도 빨아도 한 번 물들기 시작하면 새

것이 되지 않더라. 지금도 전국의 수많은 아파트 관리비는 줄줄 새고 있으며 아직도 많은 거래는 뒷골목에서 이뤄지고 있다. 학력과 경력은 위조되고, 캐면 캘수록 더러운 인간들이 아직도 위에서 뻔뻔하게 고개를 쳐들고 있다. 부디 세상이 조금 더 정직하게 돌아갔으면 좋겠다. 그래야. 손해를 보더라도 덜 억울하니까.

우리 엄마는 아파트 동대표다. 엄마가 만들어가는 아파트는 과연 어떤 모습일지. 김이 모락모락 피어오르는 새하얀 밥알을 혀끝으로 굴리며 곰곰이 생각해본다.

붕어빵 아줌마

"창문 자주 환기하고 내일 꼭 재활용 버려!"

"응 알았어."

"그리고 잘 좀 챙겨 먹어! 혼자 있다고 또 대충 먹지 말고."

"아휴~ 내가 애야? 현서야~ 아빠 한번 안아줘야지."

"응. 아빠. 안녕!" 딸은 나를 꼬옥 안아주고 고사리 같은 손을 연신 흔든다.

"그래. 잘 다녀와! 안동 도착하면 연락하고."

손등으로 시린 코끝을 비비며 아스라이 사라

져 가는 아내와 딸에게 마지막 인사를 한다. 안녕! 잠시만 안녕! 그렇게 아내는 딸을 데리고 친정으로 갔다. 함께 가고 싶었지만, 회사 일 때문에 갈 수가 없었다. 정말이다!

평소보다 조금 이른 퇴근을 한 후 현관문을 여는 순간, 싸늘한 정적이 온 집에 가득하다. 온기 따위는 사라진 지 오래다. 너무나도 그리웠던 냉기다. 얼마나 반갑냐면 두 볼을 찬 바닥에 대고 온종일 비빌 수도 있다. 설령 구안와사가 와서 입이 찌그러져도 노트르담 꼽추처럼 하하하 웃으며 목젖으로 종을 칠 수 있다. 너무하다고? 이 땅의 많은 남편은 공감할 것이다. 가끔은 자신만의 동굴이 필요하다는 것을.

'앗싸, 오늘은 게임 실컷 하고 맥주 마시면서 밤새도록 해외 축구 봐야지'

생각만으로도 신난다. "이크, 이크, 에크, 에크" 한 번도 배운 적 없는 택견을 하며 나는 갈지자로 컴퓨터 방으로 들어간다. 그리고 그날 밤 정말 꿈만 같은 하루를 보냈다.

다음날은 토요일이었다. 게임이 재미있다 보니 밤을 꼴딱 새우고 말았다. 아침 일곱 시 정도에 기절한 듯 쓰러져서 두 시간 정도 잤을까? 핸드폰이 울려서 깼다. 아내였다.

"일어났어?"

"응. 당연하지." 침을 닦으면서 말했다.

"밥은 먹었어?"

"이제 먹으려고." 입에 침도 안 바르고 거짓말을 한다.

"잘 챙겨 먹어. 냉장고에 카레 해놓았으니 데워 먹고."

"응. 그럴게."

아내는 이렇게 또 날 살뜰히 살핀다. 내가 애도 아닌데. 하지만 기분이 나쁘지 않다.

"아. 그리고." 전화를 끊으려다가 아내는 한 마디 덧붙인다.

"왜?" 혹시 애정 표현이라도 할까 싶어 수화기를 바짝 갖다 댄다.

"오늘 재활용 까먹지 말라고."

"응⋯."

역시나 아내는 분리수거 마스터다. 만약 우리 가족이 달에 정착할 기회가 오면, 아내는 그 무엇보다 "어떤 크레이터에 페트병을 넣을까요?"를 제일 먼저 물어볼 사람이다. 남편을 재활용 못 하는 걸 너무 아쉬워하지만. 그래도 좋은 아내다.

'이제 주어진 시간은 채 24시간도 안 남았다.'

1년에 한 번 올까 말까 한 시간을 절대 허투루 보내면 안 된다. 오늘은 〈반지의 제왕〉 3부작을 연달아 볼 거다. 전부터 보고 싶었지만 그럴 수 없었다. 소리 빵빵하게 키우고 1.5리터 물을 옆에 놓고 중간계로 떠난다. 역시 명작이야. 볼 때마다 색다르다. 그런데 1편이 거의 끝나갈 때쯤 되니까 배에서 꼬르륵하는 소리가 들린다. 어떻게 할까? 아내 말 대로 카레밥 먹을까? 아니야. 그건 너무 번거로워. 데우고 붓는 것도 귀찮아. 잠시 고민하다가 순간 머리를 스친 생각! 그래 그거야!

재빨리 가벼운 후드티 하나를 걸쳐 입고 밖으

로 나갔다. 발걸음이 향한 곳은 집에서 100미터 떨어진 곳에 있는 붕어빵 가게. 상호는 개미식품이다. 언제부터 장사하셨는지 정확히는 모르겠지만 9년 전, 이 동네에 우리가 처음 왔을 때부터 있었다. 낙엽이 거리에 나부끼고 서리가 내리기 시작하면 볼이 다람쥐처럼 통통한 아주머니는 팥 냄새를 솔솔 풍기며 리어카를 몰고 온다. 겨울을 별로 좋아하지는 않지만 그래도 김이 솔솔 나는 붕어빵은 언제나 환영이다.

"저기. 1,000원어치만……."

"네. 조금만 기다려주세요."

늘 그렇듯 아주머니는 웃으면서 말씀하신다. 온종일 뜨거운 화로 앞에 서 있느라 얼굴 전체가 벌겋게 익었는데도 언제나 사람 좋은 얼굴이다.

'혹시 아주머니는 날 아실까?'

일주일에 적어도 두세 번은 사가는 단골이지만 별다른 이야기는 해본 적 없다. 언제나 '1,000원어치만 주세요.' '감사합니다!' 이 두 마디가 전부다. 조금 살갑게 안부라도 묻고 싶으나 이상하게 아주머니 앞에서는 나는 볼 빨간 회춘기가 된다.

"자! 여깄어요."

아주머니는 오늘도 한 개를 더 주셨다. 원래는 여섯 개에 1,000원인데 단골이라서 그런지 서비스로 하나를 더 주신 거다. 혹시 미니 붕어빵이냐고? 노노. 다른 데서도 볼 수 있는 크기 그대로다. 오히려 팥은 좀 더 많은 것 같다. 이렇게 말도 안 되게 싼 가격이어서 그런가 언제나 아주머니 붕어빵 가게는 문전성시다.

"와~ 너무 싼 거 아니야?"

"그러게, 원가도 안 나오겠다."

아내와 나는 붕어빵을 먹으면서 늘 이렇게 말하곤 했다.

"혹시 재료 안 좋은 거 쓰는 거 아니야?"

한때 의심을 품었다. 정확히는 모르겠지만 아주머니의 어투가 조금 낯선 이방인 느낌이었으니까. 영화와 매체에 빈번하게 나오는 이미지 때문일까? 나도 모르게 편견을 가지게 된 건 사실이다.

"재료를 직접 다 만드신대. 그래서 저렴한가봐."

아내는 그렇게 말했다.

하긴 생각하니 그동안 그렇게 많이 먹었는데도 조금도 몸이 불편한 적 없었다. 게다가 남들보다 미뢰 세포가 발달한 아내 말로는 싸구려 팥은 절대 아니란다. 아무래도 '박리다매', 싸게 많이 파는 전략인 듯싶다.

"맛있게 드세요."

"감사합니다."

나는 또 부끄럽게 고개를 끄덕이며 붕어빵을 받았다. 손끝이 따끈따끈한 게 아주머니의 마음까지 전달되는 느낌이다. 집으로 돌아오는 길 문득 흰 종이봉투에 담긴 붕어빵을 바라본다. 똑같이 생겨 보이지만 자세히 보면 제각각 개성이 있다. 첫째는 이마가 조금 튀어나왔고 막내는 꼬리에 살이 더 붙었다. 셋째인지 넷째인지는 아가미 쪽이 보라색으로 물들었다(아마 팥이 더 많이 들었나 보다).

집으로 와서 다시 〈반지의 제왕〉을 본다. 골룸이 물고기를 뜯어먹는 장면에서 나도 붕어빵을 뜯는다. 맛있다! 달콤한 팥이 들어가자 몸이 사르르

녹는다. 이게 바로 반신욕 아니 붕신욕인가!(어감이 좀 그렇네) 그렇게 두 개 먹으니 배가 든든해진다. 역시 내 선택은 틀리지 않았어.

그날 나는 아침에 붕어빵 두 개, 점심에 두 개, 저녁에 세 개로 하루 세끼를 마무리했다. '조삼모사'라는 속담이 생각나서 점심에 세 개 먹고 싶은 걸 간신히 참았다. 비록 저녁에는 매우 눅눅했지만 그래도 아낀 덕분에 많이 먹을 수 있어서 좋았다. 개인적으로는 '활어 붕어빵'을 선호하지만 '선어 붕어빵'도 나쁘지 않다. 암튼 붕어빵 덕분에 제자리에 앉아서 〈반지의 제왕〉 3부작도 다 봤다. 배부르고 등 따뜻하다. 이보다 더 좋은 휴가는 없다고 생각했지만 하나 잊은 게 있었으니….

"뭐야? 재활용. 재활용 안 버렸어?"

다음날 돌아온 아내가 옆구리에 손을 대며 말한다. 큰일 났다. 데프콘 1단계다.

"아니 청소라도 했어야지? 집구석이 이게 뭐야?" 아내가 손가락으로 이곳저곳 찌르기 시작했다. 데프콘 2단계로 격상되었다. 재빨리 뒷머리를 긁적인다. 최대한 불쌍하게 보여야 한다. 그래야 재활용당하지 않을 것이다.

"어. 카레도 그대로고 라면도 그대로고. 도대체 뭘 먹은 거야?"

"아. 그게. 붕어빵!"

"온종일?"

고개를 끄덕이자 아내는 한숨을 쉰다. '원 푸드 다이어트'라고 요즘 살찐 것 같아 그랬다고 덧붙일까 했지만 좀 궁색해 보인다. 어이없었는지 결국 아내는 웃음을 터뜨린다. 휴 다행이다.

"이거 오늘 버려도 되지?"

나는 재빨리 양손에 재활용 봉투를 들고 밖으로 나간다.

그렇게 1년이 지났다. 하지만 한로가 지나고 입동이 되어도 붕어빵 아주머니는 보이지 않는다. 아내랑 나는 침대에 누워서 천장 위에 붕어빵을 그려본다.

"이상하다. 오실 때가 되었는데. 올해는 조금 늦으시네."

"혹시 신고 때문에 그런가?"

올봄에 동네 어르신 한 분이 노점상이라고 아주머니를 신고했다고 한다. 자리를 잃은 아주머니는 방황하시다가 한동안 나오지 않으셨다. 안타까웠다. 마음으로는 언제나 아주머니 편이지만 또 법은 법이니까. 그걸 무시할 수는 없었다.

"그래도 그건 잘 해결되었잖아. 잊었어?"

"아. 맞다."

나랑 비슷한 생각을 가지신 주민 한 분이 원래 자리에서 그렇게 멀지 않은 상가 창고에 자리를 마련해주셨다. 좁고 환기도 안 되는 곳이지만 그래도 덕분에 아주머니는 붕어빵 장사를 계속하실 수 있었다.

"혹시 몸이 불편하신 건가?"

"그러게. 저번에 손목이 많이 안 좋다 하셨는데…." 아내는 말끝을 흐렸다.

하긴 온종일 서서 수백 개, 아니 수천 개의 붕

어빵 틀을 돌리니 몸이 성할 리 없겠다 싶다. 그런데도 늘 웃는 얼굴이셨다니. 새삼 아주머니가 대단하다고 느껴졌다. 다음에 뵈면 손목 밴드 하나 사서 가야겠다 싶었다.

그러던 며칠 전이었다. 창밖을 보던 딸이 소리를 질렀다.

"붕어빵이야! 붕어빵!"

그 소리에 마치 봉화라도 본 병사들처럼 나와 아내는 정신없이 베란다로 달려갔다.

"정말이네."

"대박!" 아내의 목소리는 그 어느 때보다 상기되었다.

그 길로 아내와 딸은 지갑을 들고 밖으로 나갔다. 하지만 붕어빵을 사 들고 온 모녀의 표정이 밝지 않았다.

"그 아주머니가 아니야."

아내는 예전 개미 식품 자리에 다른 분이 장사를 하신다고 했다. 1,000원에 세 개, 여전히 다른 지역에 비하면 엄청나게 싼 거지만. 이미 짐바브웨 물가에 익숙한 우리로서는 다소 씁쓸하게 느껴질 수밖에 없다.

"에이, 예전 맛 아니야!"

한 입 베어 문 딸이 고개를 절레절레 저었다. 나도 붕어빵 하나를 입에 넣었다. 확실히 달랐다. 팥 맛도 식감도 어색하리만큼 이질적으로 느껴졌다.

"보고 싶다! 아주머니." 나도 모르게 아내 앞에서 다른 여자를 생각했다. 아차! 싶은 그때 "그러게." 다행히 아내도 따라 말했다.

이 글을 쓰는 지금도 밖을 내다본다. 하지만 아주머니의 흔적은 찾을 수 없다. 그때 연락처라도 하나 받아둘걸. 그런 후회가 든다. 물론 내 성격에 연락하리란 보장은 없지만, 그래도 아프지 않고 건강하시다는 이야기를 들어야 마음이 놓일 것 같다.

멀리서도 볼 수 있는 그 환한 미소, 이마에 땀이 송골송골 맺힌 채 열심히 일하시는 모습, 그 앞에서 아이나 어른이나 할 것 없이 찬바람에 두 손

비비며 붕어빵을 기다리는 주민들 모습까지. 순간 순간의 짧은 이미지들이 머리에 재생될 때마다 나도 모르게 입가에 미소가 지어진다. 모쪼록 아주머니가 빨리 우리 곁으로 돌아오셨으면 좋겠다. 그러면 꼭 이 말씀 드리고 싶다.

'당신 덕분에 겨울이 따뜻했었다고.'

수줍어서 입 밖으로 내뱉을지는 모르겠지만, 적어도 눈빛 하나만큼은 진심을 담아서 그렇게 전하고 싶다.

우리는 안 그랬으면서

"차라리 지각 좀 해라. 지각!" 아내가 책가방을 잡아당긴다.

"안 돼. 빨리 가야 해." 딸은 문고리를 잡고 낑낑 안간힘을 쓴다.

매일 아침 일곱 시 오십 분마다 아내랑 딸은 등교 전쟁이다. 뭔가 이상하다고? 맞다. 내가 봐도 참 희한한 장면이다. 보통 애들은 세월아 네월아 늦장 부리고 엄마 아빠들은 지각할까 봐 전전긍긍하는 게 국룰 아닌가? 내가 어릴 때는 챙! 부딪치는 엄마의 부지깽이 소리가 알람이었는데….

"이러다 늦겠어." 이제 열 살이 된 딸은, 붙잡는 엄마를 뿌리치고 총알처럼 밖으로 튀어 나간다.

"차 조심해~"

저렇게 서두르다가 사고라도 나는 건 아닌지 걱정된다. 학교에서 빨리 오라는 것도 아니고 특별히 공부에 뜻이 있는 것 같지도 않은데 도대체 왜 저렇게 일찍 학교에 가려는 걸까? 너무 궁금해서 물어봤더니 딸은 이렇게 말했다.

"학교에 1등으로 가면 기분이 좋아."

이상하다. 유전자가 변형된 걸까? 혹시나 아내 쪽 유전자 영향인가 싶어 아내를 바라봤지만, 그녀도 고개를 좌우로 흔들었다. 하도 수상해서 딸을 앉혀놓고 포카칩으로 유인하며 자백을 받아보니 실상은 이랬다. 아침에 빨리 가면 수업 시작 전에 아이들이랑 놀 수 있단다.

"수업 끝나고 놀면 되잖아?"

"수업 끝나면 친구들 다 학원 가는데 어떻게 놀아?"

아…. 그 이야기를 듣자마자 짧은 신음이 흘러

나왔다.

지난 2년 반 동안 코로나 때문에 제대로 놀지도 못했지만(그중에 1년은 비대면 수업), 막상 놀려고 해도 아이들이 방과 후 수업, 각종 학원, 특별활동 때문에 뿔뿔이 흩어진다는 것이다. 그러니까 학원이라고는 피아노 학원밖에 다니지 않는 우리 딸이 친구와 맘껏 뛰놀 수 있는 시간은 수업 전 30분이 전부였다. 그러니 그렇게 서두를 수밖에….

아내를 통해 들은 바로는 딸 또래의 친구들은 평일에는 학원 두세 개를 다니고, 주말에는 수영을 배우거나 아니면 영어학원에 다닌다고 했다. 틈틈이 골프, 수영, 태권도 같은 운동도 배우고 또 음악, 미술도 빠지지 않고 연습한단다. 조금 유별난 부모들은 거기다 강사까지 붙여 집에서 개인 교습을 한단다.

"세상에…. 그게 다 가능해?"

"내 말이. 피곤할까 봐 한의원에서 약 지어 먹이고, 키도 키우려고 성장호르몬도 맞힌대."

어느 정도 예상은 했지만, 아이들을 이 정도로 빡빡하게 굴릴 줄이야! 저절로 입이 벌어졌다. 그런데 다른 부모들 눈에는 이런 우리가 신기했나 보다. 만날 때마다 습관적으로 이렇게 묻는다.

"다른 학원 진짜 안 다녀?"

"응."

"따로 배우는 것도 없고?"

"어…. 없… 는데."

그렇게 말하면 다들 눈이 동그래진다.

"그럼 집에서 뭐 해?"

우리 딸도 나름 굉장히 바쁘다. 학교에서 오자마자 스케치북에 그림을 그리거나, 도서관에서 빌려온 책을 옆에 쌓아놓고 읽는다. 때론 아파트 시끄럽게 리코더 삑삑 불어서 아내가 쉿, 하고 주의를 주기도 한다. 내가 퇴근하면 배드민턴 치러 함께 나가거나 천변 길을 한 바퀴 돌고, 날씨가 좋지 않은 날에는 아내와 셋이 거실에 나란히 앉아 보드게임을 하거나 고스톱을 친다.

"아빠! 광박에 피박~ 그리고 흔들었으니까 따

따따블이야."

　서당 개 3년이면 풍월을 읊는다고 했나? 고스톱 3년 치니까 이제 아빠를 홀랑 벗겨 먹을 줄도 안다. 이러다가 조만간에 밑장빼기 하는 거 아닌지 모르겠다.

　"아니 그럼 왜 학원을 안 보내는데…?"

　"그거야 간단하지. 놀 땐 놀아야 하니까."

　나와 아내는 우리 딸이 초등학교 때만이라도 학업 스트레스가 없었으면 좋겠다 싶었다. 그래서 피아노 학원 외에는 보내지 않는다. 어차피 중고등학교 때 힘들게 공부할 건데 벌써부터 배움의 쓴맛을 느끼게 하고 싶지 않았다. 어렸을 때 우리 엄마 아빠가 내게 그러셨듯이 말이다.

　꼬꼬마 시절 나는 집에 있는 시간이 거의 없었다. 축구공 하나 가지고 나가면 오전이 전반전, 오후가 후반전이었다. 누가 딱지치기와 구슬치기의 일인자인지 아이들과 우열을 가렸고, 쭈쭈바 하나 빨면서 동네 이곳저곳 돌아다니고, 구멍가게 앞에 서

서 뽑기를 하거나 달고나를 만들었다. 눈이 아플 정도로 열심히 집중했건만 한 번도 '황금 잉어엿'을 타본 적은 없었다. 그래도 좋았다. 머리 아프게 공부하지 않아도 되니까. 그러고 보면 그때 아이들은 모두 나와 비슷했다. 또래 여자아이들은 고무줄이 그리는 반원 안에서 양 갈래머리를 휘날리며 뜀박질했고, 동네 꼬마 녀석들은 콧물 질질 흘려가며 운동장 한쪽에서 모래성을 쌓았다. 정글짐에 들어가 위를 올려다보면 한없이 푸른 하늘이 촘촘히 걸려 있었고, 하얀 연기를 내뿜는 소독차는 언제나 반가웠다. 돌이켜 생각해보면 그때 우리 얼굴에는 주름 한 점 없었다.

"너 그러면 안 돼! 요즘 애들은 우리 때랑 달라."
"맞아. 요즘 분위기를 너무 모르네."
그러면서 주위 사례들을 친절히 말해준다. 누구 아들은 영어를 마스터하자마자 중국어를 배우고, 또 누구 딸은 조기유학을 보내려고 캐나다에 집을 알아보고 있단다. 유명한 수학 학원에 등록하기 위해 새벽부터 부모들이 학원 앞에서 텐트를 치고 기다리는 건 일상다반사란다.

"진짜? 너무 과장하는 거 아니야?"

"아니야. 그래야 학교에서 중상위권 갈까 말까야."

아무리 평정심을 가지려 해도 그런 이야기를 계속 듣다 보면 불안해지는 게 사실이다. 이러다 우리 딸만 뒤처지는 게 아닐까 걱정되기도 하고 나중에 딸이 자라서 세상 물정 모르는 엄마 아빠를 원망하는 거 아닌가 싶기도 하다.

"우리 딸 이제 수학 학원 보낼까?"

어느 날 딸 숙제를 봐주다가 아내에게 그렇게 말했다. 집중력이 채 5분도 넘지 않으니 내가 잘못 가르치는 것 같기도 하고, 다른 아이들은 벌써 중학교 과정까지 나갔다는데 우리 딸은 학교 진도만 겨우겨우 따라가니 조바심이 난 것도 사실이다. 하지만 아내는 고개를 저었다.

"아니야. 우리 딸 잘 크고 있어. 믿어주자. 알아서 잘할 거야."

그래도 내 표정이 풀리지 않자 아내는 내게 다가와 이렇게 말했다.

"인생에 공부가 전부는 아니잖아. 누구보다 밝고 맑게 키우기로 했잖아."

결국, 나는 고개를 끄덕였다. "그래. 해맑은 거로는 우리 딸이 1등이지."

며칠 전이었다. 밤 아홉 시 정도 되었을까? 회사일을 마치고 집에 오는데 그리 멀지 않은 곳에서 나와 같은 방향으로 가는 한 아이가 보였다. 아홉 살아니 열 살 정도 되었을까? 학원에서 돌아오는 길인지 자기 몸집만 한 커다란 가방을 메고 있었다. 아이는 몹시도 지쳐 보였다. 축 늘어뜨린 어깨, 한걸음 한 걸음 내디딜 때마다 나오는 한숨, 돌멩이를 굴리며 걷는 모습은 마치 태엽이 끝나가는 로봇 같아 보였다. 집 앞에 도착했지만 아이는 들어갈 생각이 없어 보였다. 현관문 앞에 털썩 주저앉아 앙상한 두 팔 아래 조막만 한 얼굴을 묻을 뿐이었다. 노란 가로등 아래 아이의 그림자는 유난히도 짙게 느껴졌다.

　그 모습을 보고 마음이 철렁 내려앉았다. 위로 해주고 싶은데 괜히 말 건네면 좀 그렇겠지? 나는 가지도 멈추지도 못한 채 어정쩡한 자세로 아이를 바라봤다. 분명한 건 아이는 행복해 보이지 않았다.

　'한참 놀다가 잠들 시간인데…. 내일은 뭐 하고 놀까 생각하며 눈 감을 나이인데….'

　속절없이 거실을 환하게 밝히는 불빛이 너무나도 야속하게 느껴졌다.

　아이는 정말 배우고 싶어서 학원에 간 걸까? 남들 다 가니까 떠밀려서 간 게 아닐까? 저러다가 한 번 제대로 놀지도 못하고 어른이 되어버리면 얼마나 속상할까? 배우는 것도 다 한때라고 말하지만, 마음껏 노는 것도 다 한때인데…. 수많은 생각이 동시에 들었다. 옆에 앉아서 토닥여주고 싶었지만 그럴 수 없다는 게 아쉬울 뿐이었다.

　생각해보면 어른들은 워라벨을 부르짖으면서 근무 시간을 줄이고 있다. 일요일만 쉬었던 주 6일에서 어느 순간 주 5일이 되었고 이제는 주 4일을 넘보고 있다. 게다가 주 52시간 근무제라 직장인들 대부분 '저녁 있는 삶'을 누리고 있다. 그래서 남는 시간에 친구들과 신나게 놀거나 새로운 취미도 갖는다.

하지만 아이들은 정반대다. 친구들과 놀 시간이 하나도 없다. 제대로 쉬지도 못하고 부모가 끊어준 이 학원 저 학원을 오가며 태엽 로봇처럼 살아간다. 게다가 갈수록 배워야 하는 것, 해야 하는 것도 점점 늘어난다.

'이게 다 너를 위해서 그런 거야?' '너 좋으라고 배우는 거잖아? 뭐 나 좋으라고 배우는 거냐?'

정말 그런 걸까? 한 번 가슴에 손을 얹고 말해보자. 어쩌면 우리는 아이들에게 우리의 콤플렉스 혹은 욕망을 투영시키고 있는지도 모른다. 사랑해서 그런다는 어설픈 핑계로 아이들을 학대하고 있는 것일지도.

정작 우리는 안 그랬으면서…. 그렇게 열심히 안 했으면서….

해가 바뀔수록 놀이터에서 노는 아이들이 점점 줄어들고 있다. 아이들이 지금보다 더 많이 놀았으면 좋겠다. 해맑은 아이들의 웃음소리를 더 많이 듣고 싶다. 그 웃음소리는 딱 그 시절 그때만 낼 수 있으니까.

Part 3

당신이 있어
참 좋다

나는 나고 우리는 우리다

아내랑 로마에 갔을 때의 일이다. 신혼여행이었기에 기분 좀 내고자 5성 호텔을 예약했다. 건물 외벽과 내부 장식 모두 로코코 풍으로 고급스러웠고 주요 관광지도 호텔 가까이에 있었다. 사진으로 보니 테라스 너머로 아름다운 포폴로 광장이 한눈에 들어왔다. 후기도 나쁘지 않았기에 아내와 나는 이구동성으로 여기다! 라고 외쳤다.

호텔에 도착하자마자 짐을 대충 던져놓고 잔뜩 부푼 마음으로 테라스 문을 활짝 열었는데⋯. 순간 두 눈을 의심했다.

'어, 뭐…. 지?'

앞 전체가 시커먼 천으로 꽉 막혀있는 게 아닌
가! 이게 어떻게 된 거야? 정신을 차리기도 전에 밖
에서 시끄러운 굴착기 소리가 들려왔다. 황당했다.
경치가 좋은 방이라 해서 10만 원이나 더 냈는데….
그 길로 프런트에 가서 방을 바꿔 달라고 했지만,
직원은 남는 방이 없다며 거절했다. 아내와 나는 굉
장히 기분이 나빴지만, 신혼 분위기를 망치고 싶지
않아 그냥 넘어가기로 했다.

그런데 진짜 문제는 다음날이었다. 관광을 마
치고 돌아와 보니 방 정리가 하나도 안 되어있는 게
아닌가! 침대 시트에는 머리카락 몇 개가 덕지덕지
붙어있었고 화장실 청소 또한 엉망이었다. 분명 방
문 앞에 '방을 깨끗이 치워주세요 Make Up Room'란 푯
말을 걸었는데도 말이다.

화가 머리끝까지 나서 로비로 내려가니 한 젊은
이탈리아 남자 컨시어지가 우리를 맞았다. 나는 테
라스 뷰, 방 배정부터 청소 문제까지 하나하나 조목
조목 따졌다. 흥분하니까 영어도 술술 나왔다.

"아니 서비스가 이래도 되는 건가요? 이런 고급 호텔에서 어떻게 이럴 수 있죠?"

그러자 그는 내게 이렇게 말했다.

"손님, 기분이 안 좋으신 건 알겠는데요. 왜 저한테 화를 내세요?"

"네?" 순간 내가 잘 못 들은 건가 싶었다.

"제가 손님에게 방을 배정하거나 청소를 한 사람은 아니잖아요."

그저 어이가 없어서 웃음만 나왔다. 안 되겠다 싶었는지 아내가 앞으로 나섰다.

"이보세요. 당신은 호텔리어 아닌가요? 당신이 직원으로 있는 호텔에서 벌어진 일이잖아요."

"그렇다고 제가 직접 손님을 불편하게 한 건 아니잖아요. 근데 왜 저한테 그러세요?"

그 남자 컨시어지는 억울하다는 듯 가슴 위로 오므린 두 손을 정신없이 흔들어댔다.

"그럼 어떻게 할 건가요?"

"일단 다른 직원에게 방 청소 가능한지 알아볼게요. 그리고 계속 항의하고 싶으시면 그때 청소했던 객실원도 오라고 할게요."

그러면서 여유 가득한 표정으로 어딘가로 전화를 걸었다. 그 모습을 보고 아내랑 나는 둘 다 절레절레 고개를 저었다.

만약 한국에서 이런 일이 일어났다면 어떻게 되었을까? 십중팔구 아니 십중구구로 호텔 담당 직원이 연신 고개를 숙이며 사과를 했을 것이다. 그래도 고객의 화가 안 풀리면 책임자가 나와서 빨리 해결하겠다고 약속하며, 경우에 따라서는 와인이나 과일바구니 같은 서비스를 제공했을지도 모른다.

'근데 이런 대응이 말이 돼? 혹시 인종차별 아니야?' 이런 섣부른 생각까지 들었다.

결국, 다른 객실원이 와서 청소하는 사이 우리는 30분 넘게 밖에서 기다려야 했다. 시차 적응이 안 되어서 엄청나게 졸린 데도 분노와 억울함 때문인지 흥분은 쉽게 가라앉지 않았다. 아까 그 자식이 내게 뭐라 했더라?

'잘못은 그 사람이 한 건데 왜 나한테 화를 내

느냐고?'

'참으로 뻔뻔하다. 어떻게 서비스직이 그렇게 말할 수 있지? 호텔리어가 프로 의식이 없네.'

로마의 야경을 보면서 그의 말을 수십 번 머릿속에서 재생하였다. 그런데 이상하게도 생각하면 할수록 그 남자 말이 일리가 있다는 생각이 들었다.

'자기가 하지도 않은 행동에 지나치게 책임질 필요가 있을까?'

사실 그 사람은 방을 배정하지도, 청소를 담당하지도 않았다. 그저 이 호텔에 야간 근무를 하러 왔을 뿐이다. 그런데 처음 보는 외국인 부부가 갑자기 얼굴을 붉히며 항의를 해대니 황당했을 수도 있다.

'혹시 우리가 의도치 않게 그에게 갑질한 것은 아닐까?' 그에 대한 의심은, 점점 나에 대한 의심으로 바뀌었다.

생각해보면 우리나라에서 문제가 생기면 늘 하는 말이 있다.

"여기 책임자 누구야? 나오라고 해?"

마치 매뉴얼처럼 남녀노소 똑같은 문장을 내뱉는다. 음식점에서 종업원이 실수하면 사장이 나와야 하고, 회사에서도 문제가 생기면 책임자가 사과해야 한다.

촬영할 때도 마찬가지다. 의도치 않게 갈등이 생기면 행인들은 꼭 감독을 찾는다. 가보면 다들 허리춤에 손을 얹고 내게 삿대질한다.

"당신이 여기 책임자야? 도대체 관리를 어떻게 했기에 이래?"

"아, 불편하게 해드려서 정말 죄송합니다."

무슨 상황인지 정확하게 알지 못할 때가 많지만 일단 고개를 조아리고 본다. 그래야 상대방의 화가 조금이라도 누그러지니까. 물론 관리 감독이라는 차원에서는 내게 어느 정도 책임은 있지만, 그래도 이런 상황이 반복될 때마다 이상한 기분이 드는 건 사실이다.

최근에 충격적인 뉴스를 봤다. 서울의 한 주민센터 공무원이 다문화 가정 구성원인 민원인을 향해 막말을 쏟아낸 뉴스였다. 그 공무원은 민원인에게, 당신이 나이가 많아서 한국인 여자와는 결혼하지 못하니까 외국인 아내를 데려온 것 아니냐는 망언을 내뱉었다. 어쩜 그럴 수가 있지? 제정신인가? 사건 자체도 황당했지만, 각종 사이트에 퍼지는 글과 댓글은 더 충격적이었다.

'9급 공무원 주제가 뭐라고?' '역시 그 성별이야.' '하여간 공무원들이란….'

물론 그 공무원이 잘못한 게 백번 맞다. 자신만의 잘못된 생각을 일반화시켜서 민원인과 그의 아내에게 큰 상처를 줬으니. 그런데 도무지 이해할 수 없는 건 네티즌들이 굳이 아무 잘못 없는 다른 사람들까지 끌어들여 싸잡아 비난하는 것이었다. 그 사람이 여자든 남자든 그게 뭐가 중요하지? 그 사람의 직업이 공무원이라고 해서 모든 공무원이 비난받아도 되는 걸까?

어떤 사람이 잘못하면 그 개인에 대한 비난보다 개인이 속한 집단, 혹은 직업에 대한 비난이 주를 이룬다. 이유가 뭘까? 연좌제? 공동 책임제? 정치인 한 명이 실수하면 "여당이 그럼 그렇지." 혹은

"야당 그 자식들이 그럴 줄 알았어."라고 싸잡아서 비난한다. 종교인의 비리나 연예인의 물의도 마찬가지다. 잘못한 건 개인일 뿐인데 꼭 그 종교와 연예계 전체가 한 묶음으로 매도된다.

"그 지역 사람이 그렇지 뭐." "요즘 애들은 그게 문제야." "그 민족은 다 그래." "그쪽 출신이라며."

새로운 이슈가 터질 때마다 우리는 거의 입버릇처럼 이렇게 말한다. 누군가를 평가할 때도 마찬가지다. 개인의 개성과 특징보다는 어느 대학을 나왔고 어느 회사에 다니고 어느 집단에 속해 있느냐가 평가의 주요 척도가 된다. 그러다 보니 '나'라는 개인은 조직의 이름 뒤에 교묘하게 숨겨진다. 그러기에 다들 그렇게 명함에 집착하는 것일지도 모르겠다.

"와, 거기 출신이세요? 대단해요."

"쩝…. 거기 출신이구나!"

알게 모르게 우리는 '타이틀'이라는 편견에 갇혀서 상대방을 바라본다. 그 회사, 혹은 그 집단이 그 개인이 지닌 역량인 것처럼 간주하면서 말이다. 돌이켜보면 그것이 전부는 아닌데 말이다.

나는 나고 우리는 우리다! 개인의 잘못을 집단으로 일반화해서도 안 되고, 집단의 잘못을 개인이 책임져서도 안 된다. '케이스 바이 케이스'라는 말처럼 사안에 따라서 유연하게 대처할 수 있는 지혜도 가졌으면 좋겠다.

그때 로마에서 만났던 컨시어지는 분명 친절하지는 않았다. 어찌 보면 무례할 정도였다. 하지만 그 덕분에 내게 너무 익숙한 방식이 누군가에게는 폭력이 될 수도 있다는 것을 처음으로 깨달았다. 그 후로 비슷한 상황이 생기면 혹시 내가 아무 잘못 없는 사람에게 괜히 화내고 있는 건 아닌가. 한 번 되돌아보게 된다. 내 기분이 안 좋다고 해서 누군가가 분풀이 대상이 되면 안 되니까.

외로움의 끝자락에서 만난
'엉클 조지프'

어학연수로 토론토에 갔을 때의 일이다. 그때 내 머릿속에는 단 하나의 생각밖에 없었다. 어떻게 하면 영어를 빨리 익힐까? 먼저 다녀간 선배들 이야기를 들어보면 해외에서 한국인들과 어울려 다니면 영어가 하나도 늘지 않은 채 돌아온다고 했다. 그 이야기를 듣고 독하게 마음먹었다. 홈스테이도 캐나다 사람이 운영하는 집을 택했고, 어학원도 한국인들 없는 곳을 골랐다. 처음에는 그럭저럭 괜찮았다. 이국적인 풍경 속 수많은 인종이 섞인 곳에 살았기에 하루하루가 여행하러 온 기분이었다.

하지만 그렇게 3개월 정도 흘렀을까? 갑자기 가슴속에 슬픔이 사무치기 시작했다. 첫 번째 이유는 향수병이었다. 가족이 그리웠고 또 여자 친구가 그리웠다. 아무리 자주 전화를 해도 직접 보고 싶은 그리움은 절대 채워지지 않았다. 또 하나는 스스로 불러온 외로움이었다. 나는 모두에게서 점점 멀어지고 있었다. 의도적으로 한국어를 쓰지 않다 보니 한국 친구들은 점점 내게 거리를 두었고, 현지인들은 내 짧은 영어 실력을 견딜 정도로 한가하지 않았다. 대화를 나눈지 정확히 10분 정도가 지나면 그들은 예의상 짓는 웃음이 분명한 표정으로 먼저 자리를 떴다. 나도 문제였다. 'Pardon(뭐라고)?'을 연이어 세 번 듣다 보면 나도 모르게 손사래를 치며 입을 꽉 다물고 말았다.

한 번은 이런 일도 있었다. '팀 홀튼'이라는 카페에서 음료 주문을 했는데 종업원이 내 말이 무슨 말인지 모르겠다며 고개를 절레절레 젓더니 'NEXT(다음)!'이라고 말하며 뒷사람을 불렀다. 화가 머리끝까지 났지만, 바보처럼 제대로 따지지도 못한 채 쓸쓸히 밖으로 나갔다. 그때 카페 앞에서 올려다본 하늘은 눈이 시릴 만큼 맑았다. 그래서 더 슬펐다. 그렇게 점점 자신감이 사라지자 끝도 모를 고독이 그 자리를 메웠다. 계속 혼잣말을 중얼거리게 되고, 누가 내게 말을 걸면 소스라치게 놀라며 자리를 피하곤 했다.

그러던 어느 날이었다. Dupont(듀퐁) 역에서 내려 집으로 걸어가는데 뒤에서 누군가의 목소리가 들렸다.

"돈 좀 주세요."

우리 동네 노숙자 아저씨였다. 나이는 50대 중반 정도 되었을까? 눈이 하나 없는 아저씨는 늘 같은 자리에서 사람들에게 구걸을 하고 있었다. 평소처럼 그의 낡은 모자에 잔돈을 넣고 가려고 할 때 갑자기 이런 생각이 들었다.

'이 아저씨는 어디 가지 않을 거야. 아무리 내 영어가 형편없어도….'

그때 나는 너무나도 외로웠다. 근처 식당에서 샌드위치를 두 개 산 다음 아저씨 곁으로 갔다.

"배고프시죠?"

아저씨는 잠시 내 얼굴을 올려다보더니 땡큐! 하면서 샌드위치를 집었다. 가까이서 보니 구멍 뚫린 아저씨의 왼쪽 눈이 더 끔찍했지만, 그날따라 이상하게 용기가 났다.

"옆에 앉아도 되나요?"

갑작스러운 내 행동에 당황한 기색이 역력했지만, 아저씨는 이내 고개를 끄덕였다.

"너 이름이 뭐야?"

"아, 저요? 저는 초이라고 불러요."

"그게 진짜 네 이름이야?"

"아니요. 최윤석인데 다들 발음하기 힘들어서 초이라고 지었어요. 아저씨 이름은요?"

"조지프야."

그렇게 우리는 콘크리트 바닥에 나란히 앉아 샌드위치를 먹었다. 며칠 동안 제대로 먹지 못했는지 조지프 아저씨는 허겁지겁 샌드위치를 먹었고 나중에는 내 콜라까지 탐냈다.

조지프는 쉰네 살이었다. 직업은 크레인 기사였는데 도박에 빠진 후로 아내가 떠나고 또 집도 잃었다고 했다. 급기야 6년 전부터 길거리에 나왔다고 했다. 안구 한쪽을 잃은 건 마약으로 인한 합병증 때문이었다. 조지프 이야기가 끝나자 나도 내 이야기를 시작했다. 한국에서 영어를 배우기 위해 여기까지 왔는데 적응하는 게 생각보다 쉽지 않다고 했다. 샌드위치 때문일까? 아니면 그도 나처럼 외로웠던 걸까? 아저씨는 먼저 일어나지 않고 내 어설픈 영어를 끝까지 들어주었다. 그날 그렇게 우리는 한 시간 정도 이런저런 이야기를 나눴다. 어스름이 지천으로 깔리는 저녁이 되자 조지프는 역사 안으로 들어갔고 나는 손을 흔들며 그를 배웅했다.

그날 이후로 조지프와 나는 일주일에 서너 번 만나서 이런저런 이야기를 나눴다. 주로 내가 이야기를 했고 조지프는 들어주었다. 다행히 조지프는 내 이야기를 재밌어했다. 특히 예전에 내가 드라마

엑스트라로 일했던 이야기를 좋아했는데 그 이야기를 할 때마다 그는 잇몸이 드러난 채로 깔깔 웃었다. 그 모습을 보니 나도 잃었던 활기를 되찾을 수 있었다.

게다가 당연한 이야기지만 조지프는 나보다 훨씬 영어를 잘했다. 50년 넘게 숙성된 영어였기에 그의 어휘는 나보다 풍성했고 발음도 정확했다. 가끔 내 발음이 이상할 때마다 그는 단호하게 고개를 절레절레 저었다. 덕분에 r 발음을 어떻게 하는 건지 그리고 청소년을 뜻하는 영스터youngster라는 단어는 할아버지 세대나 쓰는 올드한 단어라는 걸 처음 알게 되었다. 의도한 바는 아니었지만 어쩌다 보니 원어민과 1대 1 과외를 하게 된 셈이었다. 그것도 케밥, 샌드위치, 무스비라는 저렴한 수강료를 내고. 그 결과 어학원에서 배운 것보다 영어를 더 많이 배울 수 있었다.

물론 부작용도 있었다. 그에게 두 달 넘게 배운 건 말 그대로 '길거리 영어'였다. 예를 들어서 'How are you?' 대신 'How's it going, man?'이라고 말하기 시작한 것이다. 말끝마다 eh! 를 붙였고 특유의 게으른 말투도 탑재해버렸다. 생긴 건 홍콩 은행에서 일하는 샌님 같이 생겼는데 말은 흑인 래퍼처럼 한다며 다들 나를 이상한 눈빛으로 보기 시작했다.

"아저씨는 언제까지 여기 계실 거예요?"

"글쎄다. 나도 몰라."

"여기 계시면 무슨 생각 많이 하세요?"

"오늘은 얼마나 모을 수 있을까? 그 돈으로 뭘 먹을까 그런 생각."

"그게 다예요? 머리 안 아파서 좋겠네요."

진심이었다. 조지프는 누구보다 평온해 보였으니까. 남들 바삐 움직일 시간에 그는 누구보다 느린 속도로 세상과 마주하고 있었다. 가끔 그와 함께 지나가는 사람들을 보고 있노라면 나도 그들 중 한 명이었다는 걸 잊을 때가 많았다.

'남들보다 부지런히 살아야 해. 누구보다 영어를 빨리 배워야 해.'

재촉하는 걸음만큼 스스로를 채찍질하고 있었

다. 그러면 뭐 해. 행복하지 않는데. 일부러 한국인을 피하고, 보고 싶은 사람들과 생이별하고. 나의 짙은 외로움은 스스로 만들어 낸 그림자였다.

그해 12월. 나는 일정 때문에 뉴욕으로 가게 되었다. 토론토를 떠나는 마지막 날, 한국에서 갖고 온 내복을 선물로 드렸다. 더 추워지기 전에 조지프가 좀 더 따뜻하게 지냈으면 좋겠다는 마음이 들었기 때문이다.

"고마워. 잘 쓸게." 아저씨는 보풀이 일어난 내복을 쓰다듬으며 말했다.

더 좋은 것을 사드리고 싶었지만, 나는 지독히도 가난한 유학생이었다. 조지프는 잠시 고민하더니 나보고 따라오라고 했다. 어디를 가나 궁금했는데 우리가 도착한 곳은 지하철 안에 있는 라커룸이었다. 그는 거기서 내게 낡은 슬리퍼 하나를 건넸다. 나는 괜찮다고 손사래를 쳤지만, 조지프는 이렇게 말했다.

"너한테는 구걸하고 싶지 않아."

그 말을 듣고 받지 않을 수 없었다. 운동화를 벗고 신어보니 조금 크긴 해도 내게 잘 어울렸다. 그는 하나밖에 남지 않는 눈을 찡긋거리며 내게 마지막 인사를 했다.

"Take it easy, bro(잘 지내, 형제여)!"

생각해보면 조지프는 내게 친구 이상의 존재였다. 그를 만나지 않았다면 내 외로움은 눈덩이처럼 불어나 결국 나를 야금야금 삼켜버렸을 테니까. 덕분에 조금 천천히 가도 된다는 것도, 또 누구보다 낮은 시선에서 바라본 세상도 반짝일 수 있다는 것을 알게 되었다.

가끔 토론토 뉴스를 들을 때마다 조지프가 생각난다. 연락처를 주고받지 못하고 헤어진 게 아쉬울 따름이다. 아직도 Dupont역, 같은 자리에 앉아 계실까? 술 좀 적당히 드셔야 할 텐데. 모쪼록 건강하게 잘 지내셨으면 좋겠다.

나의 라임오렌지 나무 교수님

얼마 전 회사에서 일하고 있는데 배정원 교수님이 내게 전화를 주셨다.

"윤석아, 너 '유 퀴즈'란 그 프로그램 아니?"

"네 알아요. 유재석 씨 하는 프로그램 아니에요?"

"엉. 맞아. 나 거기 출연했다."

"교수님이요? 와 대박!"

tvN에서 하는 〈유 퀴즈 온 더 블록〉이란 방송에 내가 아는 분이 나갔다니 너무 신기했다. 하긴 교수님은 '성' 관련 대한민국 일인자니까. 방송도 많이 하시고 강의도 초절정 인기니까 〈유 퀴즈〉에서 가만둘 일 없겠다 싶었다. 그런데 그다음 이야기를 듣고 깜짝 놀랐다.

"윤석아, 방송에 네 이야기 좀 했어. 괜찮지?"

"제 이야기요? 어떤 이야기요?" 나는 당황해서 말을 더듬었다.

"수업 이야기랑 네 결혼 이야기. 방송으로 확인해봐." 그렇게 교수님은 말씀을 아끼셨다.

도대체 무슨 이야기를 하신 걸까? 그것도 유 퀴즈에…. 궁금해서 방송일을 기다리고 기다렸지만 급하게 잡힌 회사 일 때문에 정작 본방송으로는 보지 못하고 다시 보기로 봤다. 교수님은 실물이 훨씬 예쁘신데 방송 카메라가 그걸 못 잡아내는 것 같아서 아쉬웠고, 내 이야기가 나오면서 결혼사진까지 방송에 나오니 신기했다. 한 가지 아쉬운 점이라면, 나 때는 데이트 수업이라는 게 없었다는 것이다. 아, 조금만 더 늦게 태어날 것을.

지금으로부터 16년 전, 군대에서 제대하자마자

교양 수업으로 〈성과 인간관계〉라는 수업을 들었다. 입대 전에 학점을 깔아놓은 상태라 무조건 열심히 해야 했다. 앞자리에 앉아서 교수님의 농담과 숨소리마저 필기할 정도로 절실하게 매달렸다. 하지만 시간이 갈수록 수업에 임하는 자세가 달라졌다. 어느 순간부터는 말 그대로 교수님 수업을 즐기고 있었다.

'오늘은 또 얼마나 재미있을까?'

수업 시작 전은 항상 두근두근했다. 교수님은 말씀도 워낙 재미있게 하시지만, 수업 방식도 남달랐다. 방송에 나간 대로 파격적이었다. '섹스' '자위' '몽정' 이런 금기시되는 말을 스스럼없이 하실 뿐만 아니라, 내가 기존에 알고 있던 연애관, 결혼관, 심지어 삶의 철학까지 송두리째 흔들어 놓으셨다. 게다가 얼마나 다정다감하신지. 그 당시 '제주 성박물관' 관장이셨던 교수님은 친히 제주도에서 감귤 몇 박스를 들고 오셔서 백 명이 넘는 학부생들에게 일일이 나눠주셨다. 귤을 까먹으며 수업을 듣고 있노라면 눈과 입이 다 톡톡 터지는 기분이 들었다.

그렇게 한 학기가 끝나는 마지막 수업이 되자 나는 교수님과 헤어지는 게 너무 아쉬운 생각이 들었다. 내 인생 최고의 수업이었기에 이걸 어떻게 간직할까 고민하다가 교수님께 다가가 빈 종이를 내밀었다.

"이게 뭐니?"

"아, 교수님. 정말 너무너무 수업 잘 들었어요. 평생 잊지 못할 것 같아요. 그런 의미로 여기에 사인 한 번만 해주세요."

학점을 잘 받기위해 알랑방귀를 뀌는 게 절대 아니었다(이미 학점은 정해져 있었다). 정말 순수하게 진심으로 교수님을 존경했다. 교수님이 말씀하시는 스타일, 강의 내용 그리고 삶을 대하는 가치관까지…. 순수 이성으로 교수님을 연모했다.

"근데 너 이름이 뭐니?" 사인을 하시면서 교수님이 물어보셨다.

"저는 최윤석이에요."

"네가 최윤석이니? 세상에…." 교수님은 깜짝 놀라셨다.

왜 그러시지? 교수님이 내 이름을 기억하실 줄은 전혀 예상하지 못했다. 백 명이 넘게 참석하는 수업에 나는 그렇게 튀는 학생이 아니었다. 교수님은 이렇게 말씀하셨다.

"지금까지 윤석이 네 리포트는 따로 빼놓고 읽었어."

교수님은 학기 중에 대여섯 번 리포트 숙제를 내주셨는데 그때마다 내가 쓴 게 마음에 드셨다고 했다. 그래서 채점하다가 피곤하고 지칠 때마다 내 걸 읽고 깔깔 웃으셨다고 했다. 수업하실 때마다 당신이 '최윤석'이라고 생각한 학생(?)에게 애정 듬뿍 담아 바라보셨다고 덧붙이셨다.

"오해해서 미안해! 대신 맛난 밥 사줄게."

그렇게 교수님과 나, 두 사람의 인연은 시작되었다.

그 후로 나는 '수제자'라는 명목하에 수없이 교수님을 찾아갔고 그럴 때마다 교수님은 맛난 밥을 사주셨다. 하도 얻어먹어서 저도 한번 쏘겠다고 말씀드리니 그러면 학생회관에서 '라면'을 사달라고 하셔서, 당당하게 4,000원을 내고 시원하게(?) 라면을 산 적도 있다. 그때 어찌나 맛있게 드시던지. '취직하면 고급 레스토랑에 가서 진짜 맛있는 라면 사드릴게요.'라고 너스레를 떨기도 했다.

"넌 드라마 PD 말고 예능 PD 하는 게 어때? 너처럼 웃기는 애 못 봤어."

"아니에요. 전 이야기 만드는 게 좋아요. 꼭 드라마 PD 할 거예요."

하지만 그 후로 나는 방송사 시험에서 줄줄이 떨어졌다. 이럴 줄 몰랐는데. 백수로 대학 졸업을 하게 되다니. 집안 사정상 어쩔 수 없이 다른 대기업 취업도 준비해야 했다. 원하지도 않은 기업 자소서를 써야 했고 취업박람회에 가서 잘 알지도 못하는 회사를 기웃거려야 했다. 평생 PD의 꿈만 꿔서 그런가. 매일매일 아찔한 절벽 끝에 서있는 기분이었다. 그때마다 나는 교수님께 하소연했다.

"교수님, 제 인생은 아무래도 불발탄인가 봐요.

앞으로 어떻게 하면 좋을까요?"

"아니야. 넌 할 수 있어. 내일은 생각하지 말고 일단 오늘 하루만 차분하게 잘 내디뎌봐."

교수님은 그때마다 용기를 주셨다. 자신을 비하하지 말라고 하셨고, 따끔한 지적도 해주셨다. 거의 매일매일 전화를 드렸는데 그때마다 교수님은 늘 밝은 목소리로 맞아주셨다. 지금 생각해보니 정말 쉬운 게 아닌데. 교수님은 늘 그런 식이셨다.

"네가 아니면 누가 붙겠어."

교수님의 아낌없는 응원 덕분일까? 결국, 원하는 직업을 얻을 수 있었다. 합격했다고 전화했을 때 수화기 너머 떨리던 교수님의 목소리를 아직도 잊을 수 없다. 정말 내게 교수님은 '교수님' 그 이상이었다.

그렇게 취직하고 여자 친구와 결혼할 때가 되자 나는 당연히 주례자로 '교수님'을 생각했다. 결정은 너무나도 쉬웠다. 나와 여자 친구를 그 누구보다 많이 아시고 또 챙겨주셨던 분이기에(결혼한다고 '미술관' 빌려서 홈파티까지 열어주셨다). 하지만 예상과는

다르게 교수님은 고개를 저으셨다.

"야! 내 나이가 지금 몇 살인데. 주례는 보통 나이 지긋한 남자분들이 하잖아."

"저는 교수님을 나이 때문에 그리고 성별 때문에 존경하는 게 아닙니다."

교수님은 굉장히 난감해하셨지만 결국 삼고초려 끝에 40대의 교수님을 주례자로 모실 수 있었다. 주위의 시선은 상관없었다. 다른 사람은 생각나지 않았다. 그저 교수님의 목소리로 인생 2막을 시작하고 싶었을 뿐이었다.

결혼식 당일, 그때의 교수님을 잊을 수 없다. 강연장의 수천 명 앞에서도, 방송국 카메라 앞에서도 단 한 번도 긴장하지 않았던 교수님이 연단 앞에서 덜덜덜 떨고 계셨다. 어떻게 된 일이지? 나중에 알고 보니 교수님은 엄청나게 부담스러우셨단다. 한 번밖에 없는 '수제자' 결혼식에 혹여 조금이라도 누를 끼칠까봐 긴장을 많이 하셨단다. 덕분에(?) 나는 긴장을 덜 수 있었다. 다행히 시간이 흐르자 교수님의 목소리는 점점 단단해졌고 우리는 그런 교수님의 응원을 받으며 부부로서 새 출발을 시작했다.

그다음에도 교수님은 늘 최고의 조언자로 우리 부부 옆에 계신다. 상대방을 위하는 일이 무엇인지, 어떻게 해야 사랑하고 사랑받으며 살 수 있는지. 교수님은 값비싼 도자기를 다루듯 우리 부부를 소중히 대해주셨다. 게다가 〈성과 인간관계〉 교수님의 '수제자'답게 결혼하자마자 우리는 예쁜 딸도 빚을 수 있었다. 딸이 태어났다는 소식에 교수님은 네덜란드에서 예쁜 옷을 사 오셨고, 나도 여행 갈 때마다 교수님 선물은 꼭 챙겼다. 그렇게 교수님과 나는 서로를 끔찍이 아꼈다.

그런데 3년 전, 교수님이 한동안 연락이 안 된 적이 있었다. 혹시 무슨 일이 생기셨나? 걱정이 되어 확인해보니 교수님은 '암' 때문에 투병 중이셨다. 너무 충격이었다. 어렵게 식당에서 교수님을 만난 날, 나는 정말 가슴으로 펑펑 울었다. 얼굴은 반쪽이 되셨고 제대로 걸을 수 조차 없을 정도로 몸이 너무 안 좋았으니까.

"교수님~ 왜 연락을 이렇게 늦게 하셨어요?"

"안 좋은 소식을 뭐 하러…."

교수님이 원망스러웠다. 그동안 슬프거나 괴로울 때마다 나는 교수님께 연락을 드리고 도움을 받았는데 정작 교수님이 힘들 때 날 찾지 않았으니까. 아무래도 교수님은 아픈 당신의 모습을 제자들에게 보이기 싫으셨나 보다. 그날도 교수님은 오랜만에 만난 제자를 위해 몰래 음식값을 계산하셨다.

"교수님! 저도 이제 직장인인데 언제까지 받을 순 없잖아요."

"아니야. 은퇴할 때까지는 내가 밥 살 거야. 나중에 나 못 걷게 되면 그때 네가 사."

"진짜 완쾌되신 거 맞죠?"

"그렇다니까. 이제 많이 좋아졌어."

교수님은 늘 그런 식이었다. 주기만 하고 받는 건 어색한 사람, 비싼 건강식품보다 여행지에서 산 소박한 선물을 더 좋아하는 사람, 제자가 사 준 2,000원짜리 라면을 누구보다 맛있게 먹는 사람…….

내가 전생에 무슨 덕을 쌓아서 인생 최고의 스승을 만나게 되었는지 아직도 신기할 따름이다. 방송 나가기 이틀 전에도 교수님은 이렇게 연락을 주셨다.

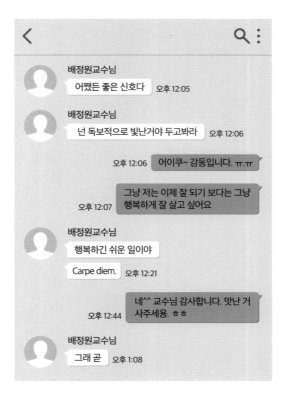

    남들에게는 부처, 예수, 공자, 마호메드 세계
4대 성인이 있다면 내게는 성인이 한 명 더 있다. 바
로 배정원 교수님! 교수님은 내게 '라임 나무 오렌
지' 같은 성스럽고 눈부신 존재다.

모교에서 후배에게 서빙하기

군대를 다녀온 사이 집이 많이 힘들어졌다. 아빠가 급성 백혈병으로 입원하시자 엄마는 아빠 병간호하노라 하시던 일을 그만두셨다. 나도 하루에 네 시간 이상은 아빠를 돌보면서 입대 전 까먹은 학점도 메워야 했다. 그 와중에 돈은 돈대로 벌어야 해서 여러모로 힘든 상황이었다. 신촌 근처에서 구인 광고를 찾다가 딱 좋은 걸 발견했다.

모교에는 '알렌관'이라는 곳이 있었다. 그곳은 교수님이나 외국인들, 혹은 학교 관계자들을 위한 레스토랑이자 주말마다 야외 결혼식이 열리는 웨

딩홀이었다. 거기서 일하면 학교 밖에서 일하는 것보다 움직이는 동선이 줄어드니까 수업을 듣고 도서관에서 공부하는 시간도 확보할 수 있었다. 게다가 아르바이트생들에게 무료 식사가 제공되었기에 여러모로 돈도 아낄 수 있었다. 면접을 보는데 매니저가 의아한 표정으로 바라보았다. 왜 학부생이 여길 지원하냐는 식이었다.

"괜찮겠어?"

"네. 일부러 수업도 다 조정했어요. 시켜만 주시면 열심히 하겠습니다."

그는 여전히 미심쩍은 눈치였지만 절박했기에 나는 꼭 하고 싶다고 말했다. 다행히 면접에 통과했고 다음 날부터 곧바로 웨이터로 투입되었다. 정장 조끼를 입고 난생처음 나비넥타이까지 매니까 기분이 색달랐다. 뭐랄까? 유럽 피로연장에 있는 것 같다고나 할까?

그 후로 내 하루 패턴은 이랬다. 아침에 학교로 가 도서관에서 공부하다가 시간이 되면 수업을 들었고 공강 시간에 맞춰 알렌관에서 네다섯 시간을 일했다. 끝나면 병원에 가서 엄마와 교대하고 아빠를 보살폈다. 병실에서 학교 과제를 했고 남는 시간에 소설이나 시나리오를 썼다. 새벽에 집에 들어가서 잠들기 전에 해외 축구를 보거나 온라인 게임으로 스트레스를 풀었다. 그러다 보니 하루가 후딱 지나갔다.

웨이터 일은 생각보다 만만치 않았다. 양손에 각각 두 개씩 접시를 든 채 수십 번 계단 위를 오르락내리락해야 했고(주방은 1층, 식당은 2층이었다.) 손님들 식사가 끝나면 테이블을 정리하고 식기류를 일일이 씻어야 했다. 특히 야외 결혼식이 있는 주말에는 더 정신없었다. 이리저리 움직이는 하객들 사이로 곡예 하듯 음식을 날랐고 양팔에 빈 접시 예닐곱 개는 쌓아 들고 주방으로 가져가야 했다. 행사 한번 끝나고 나면 팔 한번 들 수 없을 정도로 알알이 아려왔다.

모든 서빙이 끝나면 30분 정도 쉬는 시간이 주어졌다. 그 기간에 아르바이트생들은 밥을 먹거나 잠을 자거나 원하는 것을 할 수 있었다. 처음에는 밥을 먹었다. 고급 레스토랑이니까 좋은 식사가 나오리라 기대했는데 식사는 전형적인 함바집 스타일이었다. 동그란 접시 한판에 그날 남은 여러 가지 반찬을 담아 먹었다. 소갈비 구이, 스테이크 같은 고급 요리 서빙하다가 식은 오징어 볶음, 동그랑땡을 입에 넣으니까 확실히 제맛이 아니었다. 그래서 밥을 먹을 시간에 책을 보거나 부족한 잠을 잤다.

그러면 식사를 어떻게 했냐고? 고백하자면 좀 부끄러운 짓을 했다. 손님들이 남긴 고기나 메인 요리를 몰래 먹어치웠다. 2층에서 1층 내려가는 계단에는 누구도 보는 눈이 없었는데 거기서 한 손으로 접시를 들고 다른 손으로 음식을 들어 꿀꺽 삼켰다. 당연히 맛을 음미할 여유는 없었다. 음식들은 그저 기초대사량의 반을 책임져주는 훌륭한 칼로리 자원이었다. 제대 직후라서 쇠라도 삼킬 수 있는 소화력이 있었지만 그래도 가장 좋은 건 갈비찜이었다. 뼈대만 쏙 빼서 흐물거리는 살을 먹고 나면 1층 로비에 다다를 때는 휘파람까지 불 수 있었다.

이런 내 모습이 수상했는지 어느 날 매니저가 날 잡았다.

"왜 네가 가져오는 접시마다 이렇게 깨끗하냐?"

"그래… 요? 제가 서빙한 요리가 더 맛있나 봐요."

양념 묻은 손을 등 뒤로 숨기면서 그렇게 얼렁뚱땅 넘겼다.

"걸리기만 해. 알았지?"

그 목소리가 어찌나 건조하던지 성대에 로션을 발라주고 싶을 정도였다. 떨리는 가슴을 쓸어내리며 나는 천천히 고개를 끄덕였다.

그렇게 두 달 정도 지났을 때였다. 평상시대로 2층 룸에서 서빙하는데 내 앞에 많이 본 실루엣이 보였다.

'설마, 아니겠지? 여기는 학생들이 올 수 있는 곳이 아닌데.'

그래도 모르니까 고개를 푹 숙인 채 음식을 내려놓고 다른 테이블로 가려는데 익숙한 목소리가 날 불렀다.

"오빠, 윤석 오빠 맞지?"

돌아보니 여자 친구의 단짝이자 우리 과 후배가 날 보고 있었다.

"어……. 안녕!" 나는 어색하게 인사를 했다.

"오빠 여기서 일해?"

"어, 어쩌다 보니 하하하." 어색하게 웃었지만, 얼굴이 붉어지는 건 막을 수 없었다.

학교와 알렌관 사이에는 '청송대'라는 울창한 숲이 있어서 웬만하면 학부생들은 이곳에 오지 않았다. 거리도 멀었고 학부생이 감당하기에는 음식값이 비쌌기에. 근데 얘가, 하필 내 여자 친구의 절친이 왜 여기에 온 걸까?

"저기…. 맛있게 먹어. 여기 스테이크 맛있어."

후배에게 그렇게 말하고 나는 황급히 자리를 떴다. 언젠가 이런 날이 올 수도 있겠다 싶었지만, 막상 닥치니까 굉장히 당혹스러웠다. 후배가 식사하는 동안 내 머리는 불편한 상상으로 가득 차버렸다.

'우리 과에 소문이라도 나면 어쩌지?'

여기서 일하는 건 절친들도 모르는 사실이었다.

아빠가 쓰러졌다는 건 다들 알고 있었지만, 그 이상을 이야기한 적은 없었다. 애써 위로받는 것도 싫었고 괜히 슬픈 표정 짓는 것도 싫었다. 늘 그렇듯 알아서 잘살고 있다. 필요 이상의 동정은 날 더욱 주눅 들게 할 뿐이었다. 식사를 마치고 테이블을 정리하는데 후배가 옆에서 내게 말을 걸었다.

"오빠 말대로 맛있네."

"그렇지? 하하."

"다음에 밥 같이 먹어요."

"그래. 그러자. 근데 말이야…." 나는 쭈뼛쭈뼛하면서 말을 이었다.

"나 여기서 일한다는 거 비밀로 해줄래?"

"어 알았어. 그렇게. 오빠." 후배는 다소 의아한 표정으로 고개를 끄덕였다.

계산을 마치고 후배는 한 번 더 인사했고 나는 마치 레스토랑의 주인이라도 된 것처럼 손을 흔들었다. 그 애가 남기고 간 잔반을 정리하는데 이상한 기분이 들었다. 평상시 같으면 많이 남은 스테이크를 한입에 털어 넣었을 텐데. 이건 먹으면 안 될 것 같았다. 아니 정확히 표현하자면 먹기 싫었다. 마지막 남은 자존심 때문일까? 잘못한 것 하나 없는데도 수치심이 스멀스멀 올라왔다. 입고 있는 웨이터 복장이 한없이 투명해진 느낌이었다.

고맙게도 후배는 누구에게도 이야기하지 않았다. 여자 친구도 별말 없는 걸 보면 그 애는 나와의 약속을 소중히 여긴 게 분명했다. 하지만 나는 그 일이 있고 2주도 지나지 않아 웨이터 일을 그만두었다. 여러 가지 복합적인 이유가 겹쳤지만 가장 큰 이유는 누가 또 알아볼까 두려웠기 때문이었다. 지금 생각해보면 별일 아닌 하나의 해프닝일 뿐이지만…. 그때 나는 뭐가 그리 부끄러웠던 걸까?

아마 후배는 별생각이 없었을 것이다. 오히려 예상치 못한 곳에서 만난 선배가 반가웠을지도 모르겠다. 하지만 나는 집안 형편이 어려워졌다는 걸 남들에게 들키기 싫었다. 갑자기 찾아온 '가난'에 대해 충분히 준비할 시간이 없었던 것도 사실이다. 게다가 그때 당시 나는 짊어지고 있는 짐들이 너무 많았다. 여러 군데서 동시다발적으로 느껴지는 중압감은 자존심이란 아궁이에 불쏘시개로 작용해서 한없이 예민해졌다.

하지만 그때 내가 몰랐던 한 가지가 있다. 사람들이 남을 생각하는 순간은 '찰나'라는 것, 좋은 의미든 나쁜 의미든 세상 사람들은 생각보다 남들에게 관심이 별로 없다는 것을 그때는 잘 몰랐다.

타인의 '찰나'의 시선에 흔들리지 말고 우직하게 걸어가면 될 것을, 별거 아니라 치부하고 탁탁 털어버리면 될 것을 그 '찰나'의 시선과 망상에 사로잡혀 좋은 조건의 아르바이트 자리를 놓쳐버렸다.

생각해보면 그동안 타인의 눈치를 보느라 인생을 둘러가는 경우가 허다했다. 너무 튀면 어쩌지? 아니면 너무 단순한가? 이러면 없어 보일 텐데. 이러면 미움받을 텐데. 자꾸 내가 생각하는 '남이 날 바라보는 시선'에 기준을 맞추다 보니 점점 위축되고 가야 할 길을 잃어버렸다. 그럴 필요 없는데. 남들이 뭐라건 조금 더 자신을 믿어야 했는데. 뒤돌아보니 후회와 아쉬움이 남는다.

몇 년 전, 친구가 예전에 내가 일하던 알렌관에서 야외 결혼을 했다. 오랜만에 가보니 감회가 새로웠다. 특히 열심히 서빙하는 웨이터들을 보고 있으니 만감이 교차했다. 한눈에 누가 신입이고 누가 베테랑이고 알 수 있었다. 심지어 누가 1층 계단을 내려오면서 몰래 음식을 먹는지도 훤히 보였다.

'아~ 매니저는 다 알고 있으면서 그동안 봐줬던 거구나'

그런 생각이 들자 뒤늦게 감사하는 마음이 생겼다.

나보다 두 살 많은 엄니

비가 오면 생각나는 그 사람
언제나 말이 없던 그 사람
사랑의 괴로움을 몰래 감추고

광주로 내려가는 길, 차창 밖으로 비가 주룩주
룩 내리고 라디오에서는 익숙한 노래가 흘러나온다.

"이거 부른 사람이 누구였더라? 심···."

"심수봉! 그것도 몰라?" 뒷자리에 앉은 아내가
핀잔을 준다.

아, 맞다. 익숙한 노래인데 순간 생각이 나지 않

앗다. 하긴 트로트를 잘 모르니까. 최근 다시 불어오는 트로트 열풍에 삼삼오오 모여 이야기 할 때면 나는 애꿎은 볼만 긁었다. 룸미러를 보니 처음 들어보는 노래가 마음에 드는지 딸 현서는 고개를 살랑살랑 흔들고 있다.

"그러고 보니 이 노래 누나가 참 좋아했었는데…."

"미연 언니?"

"응. 울 엄니가."

울 엄니, 미연 누나랑 나랑은 20년 전 대학교 동아리에서 만났다. '국제 정치 학회'라는 다소 현학적인 타이틀의 학회였다. '학문'에 전혀 뜻이 없었지만, 형과 누나들이 맛난 거 사준다고 꼬셔서 들어갔다. 거기에는 똑똑한 사람이 엄청 많았다. 이상주의, 현실주의부터 시작해서 별의별 학자 이름이 다 나오고, 칠판에 세계지도 그리며 설명하는 학형까지 있었다. 내 지적 수준으로는 버거웠다. 그래서 때려치울까 싶다가도 세미나 끝나고 이어지는 뒤풀이가 너무 재미있어서 차마 관둘 수도 없었다.

다들 '투머치 토커'여서 세미나 시간에는 목에 핏대 드러날 정도로 논쟁을 펼치는데 나는 한마디도 못 하고 계속 하품만 해댔다. 그때였다. 뿌연 시야 너머로 반대편에 앉아있는 누군가가 하마처럼 입을 쩍 벌리고 하품을 하고 있었다. 미연 누나, 나보다 2학번 높은 선배였다. 누나도 내 시선을 느끼고는 살짝 민망해했다.

'괜찮아요. 나도 똑같은걸요.'

그런 의미로 나는 손으로 입을 가리지 않고 마치 MGM 로고에 있는 사자처럼 다소 과장되게 하품을 했다. 그 모습을 보고 누나는 깔깔깔 웃었다. 나도 따라 웃었다. 그게 우리의 첫 만남이었다.

2학년이 되자 나는 〈비교 정치학〉이라는 다소 따분한 수업을 들었는데 강의실에 가보니 미연 누나가 있었다. 반가웠다. 누나는 "촤!" 이러면서 자기 옆자리를 가리켰다. 그렇게 한 학기 내내 우리는 나란히 앉아서 수업을 들었다. 나도 수업 태도가 별로 좋지 않은데 누나는 나보다 더 심했다. 태어났을 때부터 산소가 부족한 건지 붕어처럼 연신 뻐끔거리다가 이내 고개를 처박고 꾸벅꾸벅 졸기 일쑤였다.

한 번은 이런 일도 있었다. 원래는 내가 먼저 와서 미리 자리를 맡아놓는데(보통 제일 뒷자리였다.) 그날따라 누나가 먼저 와있는 거다. 고개 숙인 채 열심히 책을 보고 있기에 예습이라도 하나 싶었는데 고개를 드는 누나 얼굴을 보니 시뻘겋게 익어있었다. 뭐지? 어디 아픈가? 그때 코를 찌르는 술 냄새가 났다.

"어휴, 누나 얼마나 마신 거야?" 깜짝 놀라서 뒤로 물러났다.

"흐흐…. 빼갈 두 병밖에 안 먹었다. 하하하"

'수업 괜찮겠어?' 말하려는데 벨이 울렸고 조교와 교수님이 들어왔다.

살면서 그렇게 불편한 수업은 난생처음이었다. 누나는 많이 취했는지 연신 헛구역질을 해댔는데 그럴 때마다 꼬릿꼬릿한 냄새가 스멀스멀 올라왔다. 주위 학생들은 '이게 무슨 냄새야?'라고 계속 손을 휘저었고, 누나는 신장개업 풍선처럼 흐느적거리면서 자꾸 바닥에 키스를 하려고 했다. 나는 흔들리는 누나의 어깨를 잡아 계속 자리에 앉혔다. 수업에 집중하는 건 사치였다. 그때였다.

"어이~ 거기! 수업 시간에 애정 행각 좀 그만하지?"

보다 못한 교수님이 신경질적인 목소리로 말씀하셨다. 아마 상체를 흔드는 우리 모습이 미국 하이틴 드라마에 나오는 불량커플처럼 보였나 보다.

"아…. 죄송해요." 고개를 조아리면서 눈을 찔끔 감을 때 옆에서 누나가 입을 열었다.

"교수님! 얘 제 남자 친구 아닌데요. 제 아들이에요. 아들~ 하하"

잠시 후, 누나와 나는 둘 다 수업에서 쫓겨났다. 고등학생 때도 복도에 나와본 적 없는데…. 테이프라도 있으면 누나 입을 미리 막아놓았을 텐데. 뒤늦게 후회되었다.

"이게 뭐야! 누나."

"하하하 미안. 촤. 그런 의미로 누나랑 술 마실

래?"

"콜!"하면서 나가려는 그때 "촤~ 앞으로 너 내 아들 해라. 알겠지?" 누나는 내 어깨를 붙잡고 그렇게 말했다. 어이구. 이 인간. 주사도 가지가지네. 술 깨면 오늘 일 다 까먹겠지? 싶었지만, 그다음부터 누나는 날 '아들~'이라고 불렀다. 덕분에 나는 나보다 두 살 많은 '엄니'를 갖게 되었다.

광주에 도착했다. 주말이라 차가 막혀서 다섯 시간 넘게 걸렸다. 요한 형, 은정 누나, 성국이는 이미 식당에 와 있다고 했다. 우리는 떡갈비 집에서 점심을 먹고, 차 한 잔을 마시려고 이동하려는데 갑자기 쏟아지는 빗줄기에 발이 묶였다. 처마에 떨어지는 빗방울을 야속하게 바라 보다가 "그냥 거기로 갈까?" 요한 형이 말했다.

"그래. 꽃이라도 사갈까?"

"됐어. 이미 많을걸." 아내의 말에 성국이가 답했다.

"알았어. 그럼, 거기서 봐."

그렇게 다들 비를 피해서 각자의 차로 흩어졌다. 나와 아내, 딸이 탄 차가 먼저 출발했고 곧바로 차 두 대가 뒤따라왔다.

누나는 내 '엄니'가 된 다음부터 약속대로 맛있는 걸 많이 사줬다. 근데 정말 신기한 게 그렇게 수업 시간에 졸고 평소에도 푼수끼 철철 넘치면서도, 미연 누나는 학점 하나만큼은 기가 막히게 받았다. 거의 모든 과목이 A⁺였다. 누나는 농담조로 자기가 '천재'라고 말하고 다녔는데 그게 진짜였구나 싶었다. 하긴 가끔 누나랑 이야기하다 보면 반짝거리는 뭔가가 분명히 있었다.

결국, 자타공인 '천재' 누나는 S사 물산에 입사했다. 남미에 가서 회의하고 유럽에서 무역한다고 했다. 회사 일 때문에 바빠서 예전만큼 자주 만날 수는 없었다. 중요한 해외 수주 프로젝트가 있어서 잠도 아껴서 잔다고 했다. 조금 멀리 있어도, 자주 보지 못해도 나는 늘 마음으로 누나를 응원했다. 그렇게 3년이 지났다.

"아들~ 밥 먹자!"

안 그래도 연락 한번 해야겠다고 생각하고 있던 찰나에 누나에게 전화가 왔다. 거의 두 달 만에 듣는 목소리라 반가웠다. 학생인 내가 분당까지 가도 되는데 누나가 신촌으로 온다고 했다.

"왜?"

"나 휴직했어."

우리는 만나서 그동안 못 나눈 이야기를 몇 시간이고 떠들었다. 누나는 일이 너무 힘들어서 잠시 휴직한다고 했다. 쉬는 동안 공부도 하고 여행도 다닐 거라고 했다. 지쳐서 그런가. 전보다는 확실히 차분해진 느낌이었지만 그래도 시간이 지날수록 점점 예전의 왈가닥 모습으로 돌아왔다. 누나는 소개팅을 해달라고 졸랐고 나는 핸드폰에 저장된 형들의 얼굴을 한 명씩 보여줬다. 하지만 '도리도리 잼잼'의 연속이었다. 누나가 이렇게 '얼빠'인 줄 미처 몰랐는데….

2차는 어디로 갈까? 하다가 누나가 노래를 부르고 싶다고 했다. 노래방에 가서 내가 랩이랑 발라드를 고르는 동안 누나는 처음부터 마지막까지 트로트를 선곡했다.

"요즘 노래 몰라?"

"응. 난 예전 노래가 좋더라!"

그러면서 누나는 '남행열차'와 '흑산도 처자', 그리고 '그때 그 사람'을 불렀다. 근데, 이런. 살면서 나만큼이나 노래를 못하는 사람은 처음 봤다. 음치에다가 심각한 박치였다. 게다가 얼마나 뻔뻔한 지 2절까지 다 불렀다. S물산에서 어떻게 버티었을까? 거기도 분명 회식할 텐데…. 그러거나 말거나 누나는 "아들~ 앵콜! 앵콜!"하면서 커다란 앞니를 드러내고 신나게 불렀다.

다시는 생각해서도 안 되겠지
철없이 사랑인 줄 알았었네.
이제는 잊어야 할 그때 그 사람

올라가는 길은 힘들었다. 비가 와서 그런지 땅이 질퍽했다. 반쯤 올랐을까? 전에 못 보던 보라색

꽃이 보였다.

"아마 친척들이 심었나 봐." 뒤에서 요한 형이
말했다.

"아, 그렇구나!"

바뀐 게 많지 않았지만, 매번 올 때마다 느낌은
색달랐다. 누군가의 손길, 온기가 제대로 느껴졌다.
은은한 꽃향기, 코끝에 감도는 부엽토 냄새를 맡으
며 우리는 열심히 걸음을 재촉했다. 도착하자 은
정 누나는 핸드폰을 꺼내 미연 누나 아버지께 전화
했다.

"아버님. 오랜만이에요. 저희 화순에 왔어요."

"아따 왔능가~ 미리 말을 허지 그랬냐잉"

"아니에요. 비도 오고 그래서."

"말을 혔다면 밥이라도 같이 혔을 거인디."

"괜찮아요. 이미 맛나게 먹었어요. 아버님. 며칠
전에 왔다 가셨어요?"

"응? 응. 그라지."

"언니가 예쁘게 잘 있어서요."

그사이 요한 형과 나는 미연 누나에게 다가갔

다. 성국이는 누나가 좋아하는 음료수를 올려놓았다.

"엄니~ 나 또 왔수다. 그동안 잘 있었어?"

누나는 언제나 맑게 갠 얼굴로 우릴 반겨주었다. 2007년 4월 5일. 스물일곱 살, 그때 그 모습으로….

노래방에 가고 정확히 일주일 뒤였다. 자고 있는데 요한 형에게 연락이 왔다.

"좌! 미연이 쓰러졌어."

갑자기 이게 무슨 소리인가 싶었다. 만우절도 지났는데. 서둘러 여자 친구와 같이 삼성 의료원으로 달려갔다. 미리 와 있던 요한 형이 우리에게 병실을 알려줬다. 안에 들어가자 산소 호흡기를 쓴 누나가 보였다. 몇 시간째 의식이 없다고 했다. 뒷머리가 풍선처럼 부풀어있었고 가느다랗게 뜬 두 눈에는 눈물이 고여 있었다. 일주일 전에 트로트를 신나게 부르던 사람이, 밥 먹으면서 도란도란 이야기 나누던 사람이 왜 저기에 누워있지? 침대에 있는 사람은 누나가 아니라 누나를 닮은 인형 같았다.

"도대체 어떻게 된 거예요?"

"급성 뇌출혈이래."

정확한 원인은 알 수 없었지만 다들 오랜 과로 때문에 몸에 무리가 왔고 그래서 이런 변이 생겼다고 추측했다.

"누나…. 누나……."

더는 볼 수 없어서 두 손바닥으로 눈을 가렸지만 흘러내리는 눈물은 막을 수가 없었다. 어깨를 들썩이며 나는 미친 듯이 흐느꼈다. 여자 친구는 내 어깨를 토닥거리며 말했다.

"자기가 이러면 누나가 힘낼 수가 없잖아."

"제발 살려주세요. 우리 누나…. 부탁이에요."

하지만 간절한 기도에도 불구하고 이틀 후 누나는 검은 문을 열고 우리에게 손을 흔들었다. 스물일곱 살, 너무도 꽃다운 나이였다. 그날 장례를 마치고 집에 돌아와서 욕조에 몸을 담그고 눈을 감았다. 물결을 타고 수조를 돌고 도는 열대어처럼 나는 버겁게 울음을 토해냈다. 중력은 그대론데 나 홀로 하늘을 지고 있는 것처럼 무거웠다.

　누나가 우리 곁을 떠난 지 벌써 14년이 되었다. 매년은 아니지만 그래도 4월이 되면 우리는 이곳을 찾는다. 올 때마다 우리는 누나 곁에 도란도란 앉아서 이런저런 이야기를 들려준다. 올해는 딸 현서가 코로나 때문에 학교를 가지 못했다는 것과 은정 누나가 회사에서 승진했다는 이야기를 했다. 누나는 우리 이야기를 말없이 재미있게 들어줬다.

　"누나. 지낼만해요? 거기는 코로나 없지?"

　"거기서도 술 먹고 용트림하는 거 아니지?"

　살다 보면 각인처럼 선명한 순간들이 있다. 수업 듣다가 쫓겨나는 우리의 모습, 서로 하품하다가 시선을 마주치며 깔깔깔 웃던 누나의 모습, A⁺ 맞았다고 어깨를 으쓱하던 모습, 노래방에서 트로트를 열창하던 모습까지. 좁은 하관으로 하회탈처럼 웃던 누나의 얼굴이 너무 보고 싶고 또 그립다.

　"왜 이렇게 빨리 떠났어요?"

　하지만 누나는 대답이 없다. 부슬부슬 내리는

빗발에 젖은 안경이 귤빛으로 산란할 뿐이다.

이제 나는 누나의 나이를 훌쩍 지나 아홉 살 딸을 둔 아빠가 되었다. 예전에는 올 때마다 눈물을 흘렸는데 이제는 그렇지 않다. 나이를 먹는다는 건 어떤 의미일까? 감정이 무디어진다는 거? 아니면 참을성이 많아진다는 거? 희미하게 미소 지으며 주변을 정리하고 묘를 한번 쓰다듬는데 우산 위로 비가 후드득 떨어진다.

"엄니~ 내년에 봐요."

누나에게 손을 흔들고 내려가 아내와 교대를 한다. 아내와 아내의 손을 잡은 딸이 질퍽질퍽한 땅을 딛고 열심히 올라간다. 넘어지면 안 될 텐데. 걱정스러운 마음으로 한참을 바라본다. 멀리서 아내와 딸에게 이리 오라고 손 흔드는 성국이의 모습이 보인다.

정자의 처마 끝에 서서 우산 끝으로 물웅덩이를 쿡쿡 찌른다. 연분홍색 하늘을 푸른 어둠이 빠른 속도로 메워가고 있고 저 멀리 한줄기 길고 검은 새 떼의 행렬이 보인다. '까치일까? 까마귀일까? 누나가 사는 세상은 우리와 비슷할까?' 문득 궁금해진다. 목소리를 가다듬고 예전 누나가 부르던 심수봉의 '그때 그 사람'을 흥얼거린다.

외로운 내 가슴에 살며시 다가와서
언제라도 감싸주던 다정했던 사람
안녕이란 단 한마디 말도 없이
지금은 어디에서 행복할까
어쩌다 한 번쯤은 생각해줄까
지금도 보고 싶은 그때 그 사람

삶이란 누군가를
내 편으로 만드는 과정

예전에 있었던 일이다. 새벽 두 시 정도였나. 곤히 자고 있는데 현관 벨 소리가 울렸다. 나는 잠에서 깬 딸을 달랬고 아내가 밖으로 나갔다. 좁은 문틈 사이로 건장한 체격을 가진 두 명의 남자가 보였다.

"누구… 세요?"

잠을 설친 아내는 갈라진 목소리로 그렇게 물었다.

"한밤중에 찾아와서 죄송합니다. 영등포 경찰서에서 나왔습니다. 혹시 최윤석 씨 계신가요?"

"네? 무슨 일이시죠?"

하지만 그쪽에서는 좀처럼 답을 하지 않았다. 아내는 문을 닫고 나한테 다가와서 무슨 일 있냐고 속삭였다. 고개를 절레절레 저으면서 혹시 나도 모르는 사이에 내가 무슨 죄를 저지른 건가? 반추해보았다.

새벽에 차 없을 때 몇 번 길 건넌 죄?

패션 테러리스트로 여의도 수질을 더럽힌 죄?

아내랑 같이 걸을 때 지나가는 여자를 힐끗 쳐다본 죄?

살면서 알게 모르게 많은 죄를 지었지만, 아무리 생각해도 새벽에 형사가 찾아올 만큼의 큰 죄는 없었다.

'진짜 형사들 맞아?'

싸늘한 의심과 다르게 가슴은 두근두근 떨렸다. 금세라도 무장경찰들이 문을 박차고 들어오면 나는 불빛 아래 두 팔로 얼굴을 가리며 '다 말할게요! 다~'라며 울부짖을 것 같았다. 경찰이 미란다 원칙을 말하고 쇠고랑을 채우면, 나는 슬픈 눈빛으로 아내에게 이렇게 말할 것이다.

'자기야! 서울 남부 교도소에 영치금 좀 넉넉히 넣어주세요.'

실상은 이랬다. 알고 보니 최근에 발생했던 폭행 용의자가 나랑 동명이인이었는데 하필 그분(?)이 같은 동네에 살아서 경찰이 확인차 우리 집을 들른 거였다. 이 와중에 경찰이 "최윤석 씨, 지금 어디 있냐?" 물었을 때 아내는 "그런 사람 모르는데요."라고 답했단다.

"아니 뻔히 알고 왔을 텐데 모른다고 하면 더 의심할 거 아냐?"

내가 핀잔을 주자 아내는 이렇게 말했다.

"그래도 모르잖아. 어찌 됐든 우리 남편 데려가면 안 되니까."

아내의 그 한마디에 내 마음이 '쿵' 하고 떨어졌다. 곱씹으면 곱씹을수록 내 안의 동심원은 멀리 퍼졌다. 아내는 그저 날 지켜주고 싶었단다. 내가 행여 범죄를 저질렀대도 하나밖에 없는 남편이기에 지켜주고 싶었단다(평소에는 어디 갖다 버리고 싶은 남편이라고 하더니만). '이런 게 부부의 정인가?' 결혼 12년 만에 새삼 느끼게 되었다.

삶이란 누군가를 내 편으로 만드는 과정이다. 다시 말해서 슬플 때 같이 슬퍼하고 즐거울 때 같이 즐거운 사람을 찾는 과정이 바로 인생이다. 온 마음을 다해 희로애락을 나눌 사람이 곁에 있다는 건 진정한 축복이다.

가끔 인생에 오류가 생긴 순간이 온다. 온몸이 비명을 지를 때, 의식이 까맣게 타들어갈 때 우리는 물가에 내놓은 어린아이가 된다. 아무리 나이를 많이 먹고 산전수전을 겪었다 한들 한낱 인간일 뿐이다. 작은 돌 하나라도 신발에 들어가면 아파하고, 남이 무심코 던진 한마디에 온종일 끙끙 앓는. 그래서 혼자로는 안 된다. 혼자서는 너무너무 힘들다. 인간은 돌아갈 곳이 있어야 한다. 영혼이 쉴 수 있는 곳, 지친 몸을 편히 뉠 수 있는 곳 말이다.

내 곁에 있는 사람들은 나에게 말하고 있다. 오류투성이인 삶이지만 그래도 그렇게 볼품없는 건 아니라고. 한없이 부유하던 먼지도 햇살을 받으면 반짝반짝 빛날 수 있다고.

그날 밤 나는 흥분과 긴장을 피부 깊숙이 간직한 채 아내와 딸, 두 여자를 품에 안고 새벽부터 아침까지 적도보다 더 따뜻한 곳으로 떠났다.

인생은 초콜릿 상자 같아

밤 열시, 세상은 검은 이불을 깔고 고요하게 누워있다. 이 시간은 내가 보고 싶은 것만 볼 수 있다. 불 켜진 카페, 하늘에 떠 있는 수많은 별과 달, 그리고 가로등 아래로 손을 잡고 걸어가는 연인들…. 창가에 기대, 잠시 밤이 속삭이는 이야기를 듣다가 방으로 들어와 컴퓨터를 켠다.

온종일 일하느라 몸은 고되고 지쳐있지만, 정신은 그 어느 때보다 또렷하다. 귀여운 딸이 막 잠이 든 이 순간부터 앞으로 두 시간은 온전한 나만의 시간이니까. 하루 중 제일 기다려지는 시간이기도 하다.

뭘 쓸까? 잠시 고민해본다. 마음이 침잠하거나 부유할 때, 먹먹할 때, 나는 기억 속 인연들을 모니터 안으로 초대한다. 오랜만에 되살아난 그들은 축 처진 내 손을 잡고 휘휘 돌리기도 하고, 또 풍선처럼 날아가는 내 허파의 바람을 빼기도 한다.

Life is like a box of chocolates

인생은 초콜릿 상자 같아.

You never know what you're going to get

무엇이 나올지 전혀 알 수 없으니까.

– 영화 〈포레스트 검프〉

인생을 앞질러 갈 필요 없다. 앞으로 어떤 인생이 펼쳐질지 미리 아는 것도 재미없다. 달콤하든 쓰디쓰든, 언젠가는 먹어야 하는 초콜릿이니까. 겸허히 받아들이며 뚜벅뚜벅 걸어가련다.

앞으로 어떤 인연을 만나게 될지 궁금하다. 수많은 사람과 부대끼며 살면서 10년 후의 내 모습은 또 어떻게 바뀌어 있을까 상상해본다. 중요한 건 닫혀 있지 않으련다. 갇혀있지도 않을 거다. 인연을 소중히 여기며 계속 자신을 돌아보고 또 돌아와야지.

내게 영감을 준 사람들께 진심으로 감사하다. 지난 2년간 쓴 글들을 하나로 묶어 책으로 탄생시켜 준 서선행 편집자님에게도 진심으로 감사드린다. 흔쾌히 추천사를 써주신 남궁민 배우님, 이준호 배우님, 배정원 교수님, 정현민 작가님, 정현우 작가님께도 이 은혜 잊지 않겠다 말씀드리고 싶다. 무엇보다 사랑하는 내 가족, 그리고 하늘에서 흐뭇하게 지켜보고 계실 아빠에게 이 책을 바치고 싶다.

당신이 있어 참 좋다

초판 1쇄 발행 2022년 9월 28일

지은이 최윤석
펴낸이 김선준

기획·책임편집 서선행(sun@forestbooks.co.kr)
편집 2팀 배윤주
표지디자인 엄재선 **본문디자인** 김미령 **일러스트** 고마쭈
책임마케팅 신동빈 **마케팅** 권두리, 이진규
책임홍보 유채원 **홍보** 조아란, 이은정, 김재이, 권희, 유준상
경영관리 송현주, 권송이

펴낸곳 (주)콘텐츠그룹 포레스트 **출판등록** 2021년 4월 16일 제2021-000079호
주소 서울시 영등포구 여의대로 108 파크원타워1 28층
전화 02) 332-5855 **팩스** 070) 4170-4865
홈페이지 www.forestbooks.co.kr
종이 (주)월드페이퍼 **인쇄** 더블비 **제본** 책공감

ISBN 979-11-92625-33-1 (03810)

(주)콘텐츠그룹 포레스트는 독자 여러분의 책에 관한 아이디어와 원고 투고를 기다리고 있습니다. 책 출간을 원하시는 분은 이메일 writer@forestbooks.co.kr로 간단한 개요와 취지, 연락처 등을 보내주세요. '독자의 꿈이 이뤄지는 숲, 포레스트'에서 작가의 꿈을 이루세요.

당신이 있어
참 좋다